हिन्द पॉकेट बुक्स

गॉड पार्टिकल का रहस्य

विपुल विनोद एक युवा लेखक हैं और ये समकालीन विषयों पर लिखते हैं। आपकी कई पुस्तकें बाजार में हैं और पाठकों में आपकी अच्छी खासी पैठ है।

पुस्तक के सहलेखक नमन विनोद भी एक युवा लेखक हैं और आपने भी कई पुस्तकों की रचनाएं की हैं। आपको कई पुरस्कार भी प्राप्त हो चुके हैं।

AF669584

गॉड पार्टिकल का रहस्य

वैज्ञानिक चमत्कार : ईश्वर के अंश की खोज

विपुल विनोद

नमन विनोद

हिन्द पॉकेट बुक्स

पेंगुइन रैंडम हाउस इम्प्रिंट

हिन्द पॉकेट बुक्स

यूएसए | कनाडा | यूके | आयरलैंड | ऑस्ट्रेलिया | सिंगापुर
न्यू ज़ीलैंड | भारत | दक्षिण अफ्रीका | चीन

हिन्द पॉकेट बुक्स, पेंगुइन रैंडम हाउस ग्रुप ऑफ़ कम्पनीज़ का हिस्सा है,
जिसका पता global.penguinrandomhouse.com पर मिलेगा

पेंगुइन रैंडम हाउस इंडिया प्रा. लि.,
चौथी मंजिल, कैपिटल टावर - 1, एम जी रोड,
गुड़गांव 122 002, हरियाणा, भारत

पेंगुइन
रैंडम हाउस
इंडिया

प्रथम हिन्दी संस्करण हिन्द पॉकेट बुक्स द्वारा 2012 में प्रकाशित
यह हिन्दी संस्करण हिन्द पॉकेट बुक्स में पेंगुइन रैंडम हाउस द्वारा 2022 में प्रकाशित

10 9 8 7 6 5 4 3 2

इस पुस्तक में व्यक्त विचार लेखक के अपने हैं, जिनका यथासंभव तथ्यात्मक
सत्यापन किया गया है, और इस संबंध में प्रकाशक एवं सहयोगी
प्रकाशक किसी भी रूप में उत्तरदायी नहीं हैं।

ISBN 9789353492656

मुद्रकः रेप्रो इंडिया लिमिटेड

www.penguin.co.in

FSC
www.fsc.org
MIX
Paper from
responsible sources
FSC® C047271

This is a legitimate digitally printed version of the book and therefore might not
have certain extra finishing on the cover.

"उन महान वैज्ञानिकों को समर्पित
जो अपने आविष्कारों से हमें विकास
की राह दिखा गए।"

हम 99.999997% ईश्वर के करीब पहुँच गए हैं।

क्रम

2

कण-कण में भगवान...47

3

कण बनाम ब्रह्म...60

4

ब्रह्माण्ड का रहस्य...69

5

विज्ञान बनाम अध्यात्म...89

हमारी बात

अहम ब्रह्मास्मि यानी मैं ही ब्रह्म हूं। आज से नहीं, ऐसा हम सदियों से सुनते आए हैं। सदियों से बताया जा रहा है कि कण-कण में ईश्वर बसता है। अब विज्ञान भी इसकी पुष्टि करता नज़र आ रहा है। एक ओर ईश्वर में आस्था रखने वाले लोग हैं जो शत-प्रतिशत मानते हैं कि कण-कण में भगवान है तथा ब्रह्माण्ड के अस्तित्व और उसके संचालन के पीछे कोई न कोई अदृश्य शक्ति अवश्य है। यह वर्ग इसी शक्ति को भगवान कहता है। दूसरी ओर नास्तिक लोग हैं जो अक्सर ऐसा सवाल करते हैं क्या आपने भगवान को देखा है? यदि देखा है तो हमें भी दिखाओ? अब आस्तिक बेचारा ऐसे लोगों को भगवान कहां से दिखाए, क्योंकि ईश्वर के अस्तित्व को मानना तो ठीक है, लेकिन उसके अस्तित्व को सिद्ध करना असम्भव काम है। दूसरी ओर 4 जुलाई-2012 को जेनेवा में सर्न के वैज्ञानिकों ने दावा कर दिया है कि उन्होंने हिग्स बोसोन अर्थात गॉड पार्टिकल को ढूंढ लिया है। यह घोषणा भी चोरी छिपे नहीं वरन जेनेवा में दुनियाभर के वैज्ञानिकों की मौजूदगी में खचाखच भरे सम्मेलन हॉल में की गई। गॉड पार्टिकल के बारे में कहा जाता है कि लगभग 14 अरब वर्ष पूर्व हुए महा विस्फोट (बिग बैंग) के बाद इसी तत्त्व ने ब्रह्माण्ड के निर्माण

में महत्वपूर्ण भूमिका निभाई थी। अब 4 जुलाई-2012 को इसी तत्त्व को खोज निकालने के दावे से विज्ञान के खाते में एक और महान उपलब्धि दर्ज हो गई।

आज जिसे गॉड पार्टिकल कहा जा रहा है इस सिद्धान्त को सबसे पहले ब्रिटिश विज्ञानी पीटर हिग्स एवं कुछ अन्य वैज्ञानिकों ने मिलकर 1964 में प्रस्तुत किया था। उस समय पीटर हिग्स के इस सिद्धान्त को भौतिकी के वैज्ञानिकों ने मान्यता नहीं दी थी। कुछ वैज्ञानिकों ने तो पीटर हिग्स का उपहास भी किया था। हिग्स का यह सिद्धान्त भौतिकी के ढांचे में तो फिट बैठ रहा था, लेकिन इसका व्यावहारिक पक्ष ज़्यादा था। क्योंकि इस सिद्धान्त का वैज्ञानिक परीक्षण नहीं हुआ था। अतः इसकी जांच के लिए बड़े प्रयोग की आवश्यकता महसूस की गई। पीटर हिग्स हिम्मत नहीं हारे और लोगों को विश्वास दिलाते रहे कि उनका सिद्धान्त सही है। हिग्स इस महा प्रयोग का इन्तजार करते रहे। जिस तरह से ईश्वर की प्राप्ति के लिए ऋषि मुनि तप करते हैं उसी प्रकार वैज्ञानिकों की टीम ने 48 वर्ष तक तपस्या की और अन्ततः ईश्वर के कण को खोज लेने का दावा कर दिया।

इधर कुछ वर्षों से ईश्वर के कण के सम्बन्ध में लोगों द्वारा कुछ ज़्यादा ही दिलचस्पी ली जा रही थी। दिसम्बर-2011 में वैज्ञानिकों ने इन कणों की झलक तो देख ली थी, लेकिन वर्ष 2012 की शुरुआत ऐसे माहौल में हुई जैसे लगता था कि 2012 में दुनिया ही खत्म हो जाएगी। लोग तरह-तरह की भविष्यवाणियां कर रहे थे, मिथक सुना रहे थे। लेकिन शोध टीम लगी रही। शोध के लिए स्विट्जरलैण्ड और फ्रांस की सीमा में भारी ढांचे वाली 27 कि.मी. लम्बी और लगभग 175 मीटर गहरी सुरंगनुमा लार्ज हैड्रान कोलाइडर नामक तकनीकी दृष्टि से दुनिया की बेजोड़ महा मशीन स्थापित की गई। इसमें वही कृत्रिम परिस्थितियां उत्पन्न की गई, जो महा विस्फोट के समय बताई जाती थीं। इस लम्बी सुरंग में अति सूक्ष्म कणों की आपस में टक्कर करा कर वैज्ञानिक उस अदृश्य कण की खोज कर रहे थे, जिसे गॉड पार्टिकल कहा गया और अन्त में खोज कामयाब रही।

ऐसा माना जा रहा है कि अगर वैज्ञानिक इस कण की खोज में सफल

हो गए हैं तो सृष्टि की रचना और खगोलीय घटना से पहले और बाद में क्या हुआ होगा, के रहस्यों से पर्दा उठ सकेगा। यदि अध्यात्म और धर्म की दृष्टि से देखा जाए तो इस सृष्टि का उद्गम और विनाश, युग और प्रकल्प परिवर्तन आदि के अनेक साक्ष्य हमारे पौराणिक ग्रन्थों, वेद, उपनिषदों आदि में भरे पड़े हैं। इन्हीं ग्रन्थों में दिए गए, संकेतों आदि के माध्यम से वर्षों की तपस्या के बाद दुनिया के वैज्ञानिकों ने मिसाईल, उपग्रह, शस्त्रास्त्र, वायुयान, लड़ाकू विमान, सौर मण्डल आदि की खोज की है। अब हिग्स बोसोन की खोज इसका ताजा उदाहरण है। जैसा कि वैज्ञानिक जुटे हैं यदि इस सृष्टि के उद्भव का रहस्य गॉड पार्टिकल से सिद्ध हो जाता है तो फिर ईश्वर के अस्तित्व को नकारना कठिन हो जाएगा।

बताया जा रहा है कि इस प्रयोग पर अब तक लगभग 10 अरब अमेरिकी डॉलर खर्च हो चुके हैं और लगभग 8000 वैज्ञानिक रात-दिन काम करते रहे हैं। इस महा प्रयोग के लिए प्रोट्रॉनों को 27 किलोमीटर लम्बी गोलाकार सुरंग में दो विपरीत दिशाओं से प्रकाश की गति से दौड़ाया गया। प्रोट्रॉन कणों ने 11000 से अधिक चक्कर काटे। इस प्रक्रिया के दौरान विशेष स्थानों पर प्रोट्रॉन आपस में टकराए जिससे ऊर्जा पैदा हुई। जब दो अणु आपस में टकराते हैं तो हिरोशिमा, नागासाकी में फेंके गए परमाणु बमों से भी अधिक ऊर्जा उत्पन्न होती है। इसीलिए प्रोट्रॉनों के टकराने से उत्पन्न ऊर्जा को नियन्त्रित करने के लिए वैज्ञानिकों ने पुख्ता इन्तजाम किए थे और इस प्रक्रिया से उत्पन्न लगभग 8 खरब वोल्ट के बराबर की ऊर्जा को नियन्त्रित कर लिया गया। इस टकराव को रिकार्ड करने के लिए हजारों कम्प्यूटरों का ग्रिड तैयार किया गया था जिसमें हर क्षण का आंकड़ा रिकार्ड होता रहा। बताया गया कि एक सेकेण्ड में प्रोट्रॉनों के आपस में टकराने की 60 करोड़ से भी ज़्यादा घटनाएं हुईं। प्रति सेकेण्ड 100 मेगाबाइट से भी ज़्यादा आंकड़े एकत्र किए गए। असल में इतना महंगा और विशाल प्रयोग करके वैज्ञानिक यह जानना चाहते थे कि जब प्रोट्रॉन आपस में टकराते हैं, तो क्या कोई तीसरा तत्त्व भी मौजूद रहता है, जिससे प्रोट्रॉन और न्यूट्रॉन आपस में जुड़ जाते हैं जिसके कारण

आयतन की रचना हुई। अगर गॉड पार्टिकल का यह प्रयोग विज्ञान की कसौटी पर खरा उतरा तो कल्पना ही की जा सकती है कि यह दुनिया कितनी सुन्दर और समर्थ हो जाएगी। यह पिछले 100 सालों की सबसे अहम वैज्ञानिक खोज होगी। इस खोज से ऊर्जा का एक ऐसा ज़बरदस्त स्रोत मिल जाएगा जिससे दुनिया का कोई कोना अंधेरे में नहीं होगा। इन्टरनेट की गति तूफ़ानी हो जाएगी और अन्तरिक्ष के रहस्यों से पर्दा उठ जाएगा। हमारी तमन्ना है कि ईश्वर करे ऐसा ही हो। लेकिन हमें यह भी याद रखना होगा कि यदि विज्ञान विकास है तो वह विनाश भी है। प्रकृति के साथ बहुत छेड़छाड़ इन्सान को महंगी पड़ सकती है। अतः हमें सावधान रहने की ज़रूरत है। फिर भी यदि विज्ञान ने सृष्टिकर्त्ता के रहस्य को खोज निकाला है तो विज्ञान और वैज्ञानिकों को हम नमन करते हैं। इस महा प्रयोग के बाद यह बात भी सिद्ध हो गई है कि कण-कण में भगवान है। इससे हमारी सनातन से चली आ रही मान्यता की वैज्ञानिक पुष्टि भी हो गई है।

इस पुस्तक की रचना में लेखकों ने जिन विद्वानों और वैज्ञानिकों के विचारों, समाचार पत्रों, पत्रिकाओं, मीडिया चैनलों की सूचनाओं और लेखों तथा अन्य लोगों की बात-चीत का सहारा लिया है या पुस्तक में उद्धृत किया है उनके प्रति लेखक नतमस्तक हैं। इस खोज के लिए वैज्ञानिकों को साधुवाद और हम इस उम्मीद में हैं कि आने वाले दिनों में अच्छे परिणाम सुनने को मिलेंगे। अभी तो आप भगवान के कण की पूरी कहानी, उनका रहस्य पढ़िए तथा जानिए कि क्या सच है और क्या झूठ है। हम फिर मिलेंगे।

veer.kalki@gmail.com

– विपुल विनोद

– नमन विनोद

1

गॉड पार्टिकल को जानें

दुनिया के लिए अब तक रहस्य बने गॉड पार्टिकल (God Particle) या हिग्स बोसोन कणों को जेनेवा स्थित दुनिया की सबसे बड़ी, महंगी और तकनीकी दृष्टि से सबसे जटिल मशीन वाली प्रयोगशाला में खोज लेने का दावा किया गया है। इसी के साथ ब्रह्माण्ड के बारे में ढेर सारी जानकारियां मिलने की सम्भावना बढ़ गई है और लगता है कि वैज्ञानिक सूझ-बूझ की दिशा में इन्सान ने आगे कदम बढ़ा दिए हैं। कैसे ब्रह्माण्ड का निर्माण हुआ? कैसे धरती और अन्य ग्रहों का विकास हुआ? कैसे आधुनिक संसार की सभी चीज़ें क्रमिक रूप से बड़ी हुई? इन सभी के लिए अब तक के सिद्धान्तों की प्रायोगिक पुष्टि के लिए गॉड पार्टिकल को अहम माना जा रहा है।

इस खोजे गए कण को भगवान के करीब इन्सान, एक विराट वैज्ञानिक उपलब्धि, अनन्त सम्भावनाओं वाले कण की खोज, संसार की कहानी समझाने वाला कण, ईश्वर का कण, लाखों एटम बम की ताकत वाला कण, सूक्ष्म कणों का देवता, ब्रह्म का कण, इंसान ने खोज लिया भगवान आदि उपलब्धियों से नवाजा जा रहा है। गॉड पार्टिकल का

वैज्ञानिक नाम हिग्स बोसोन (Higgs Boson) है। हिग्स बोसोन को कण भौतिकी का मूल प्रारंभिक कण कहा जाता है। सदियों से वैज्ञानिक ब्रह्माण्ड के रहस्य को जानने के लिए लगे हुए थे। वैज्ञानिकों के साथ आमजन की भी जिज्ञासा यह जानने में थी कि आख़िरकार ब्रह्माण्ड आया कहां से? इसकी रचना कैसे हुई? ब्रह्माण्ड को अस्तित्व में लाने के लिए कौन ज़िम्मेदार है? ब्रह्माण्ड का संचालन कैसे हो रहा है? आदि। वैज्ञानिकों ने इस बात को तो सिद्ध कर लिया कि ब्रह्माण्ड की रचना में कणों की भूमिका है और इन कणों की प्रकृति और ब्रह्माण्ड की रचना में इनकी भूमिका के सम्बन्ध में समय-समय पर अनेक अध्ययन भी हुए और अनेक सिद्धान्त प्रतिपादित किए गए। इन सिद्धान्तों में से सबसे अधिक मान्यता **'बिग बैंग'** सिद्धान्त को मिली, जिसने कई चरणों में ब्रह्माण्ड की विकास यात्रा को समझने में वैज्ञानिकों की मदद की। बिग बैंग सिद्धान्त के अनुसार ब्रह्माण्ड की उत्पत्ति अब से लगभग 14 खरब वर्ष पहले एक महा विस्फोट से हुई और तब से ब्रह्माण्ड लगातार फैलता जा रहा है। विस्फोट के बाद प्रारम्भ में यह एक गरम लावे की भांति था। समय के साथ धीरे-धीरे ब्रह्माण्ड ठंडा हुआ और बिखरे हुए कण आपस में जुड़कर पदार्थ का रूप लेने लगे। कण भौतिकी में कणों का अध्ययन करते समय वैज्ञानिकों को पता लगा कि कुछ कणों में तो भारीपन है, कुछ कण कम भारी हैं और कुछ कणों में बिल्कुल भार नहीं है। वैज्ञानिकों ने सोचा कि ब्रह्माण्ड में कोई न कोई ऐसा कण ज़रूर है जो इन कणों को द्रव्यमान अर्थात भार प्रदान करता है। अन्यथा सभी कणों में अन्तर होने का कोई प्रश्न नहीं है। अध्ययन से पता लगा कि पदार्थ की रचना क्वार्क एवं लेटरान नाम के आधारभूत कणों से हुई है, लेकिन इन कणों को जो द्रव्यमान या भार प्रदान करता है उसे हिग्स बोसोन या गॉड पार्टिकल कहा गया। गॉड पार्टिकल वस्तुतः एक काल्पनिक कण है, जिसके बारे में वैज्ञानिकों की धारणा है कि आरम्भिक द्रव्य इसी कण के कारण इस लायक हो सका जिससे ब्रह्माण्ड की रचना हुई। इस कण की सम्भावना कण भौतिकी के स्टैण्डर्ड मॉडल के आधार पर व्यक्त की गई है। यह सूक्ष्म कणों की उस श्रेणी में आता है जिसे बोसोन कहा जाता है। वैज्ञानिक

इसकी खोज के लिए इतने उतावले हो रहे थे कि कहने लगे थे कि भौतिकी के स्टैण्डर्ड मॉडल का यह खोया हुआ अन्तिम कण है।

क्या है गॉड पार्टिकल?

वैज्ञानिकों का कहना है कि ब्रह्माण्ड के अस्तित्व में आने से पहले सब कुछ हवा में तैर रहा था। किसी का कोई आकार या वजन नहीं था। महा विस्फोट के बाद उत्पन्न कण प्रकाश की गति से इधर-उधर भाग रहे थे। तभी हिग्स बोसोन भारी ऊर्जा लेकर आया और इसके सम्पर्क में आने वाले कण आपस में जुड़ने लगे। वैज्ञानिकों के अनुसार हिग्स बोसोन ने ही अन्य कणों को भार प्रदान किया और भार वाले कणों के माध्यम से ही आकाशगंगाओं, ग्रहों, तारों आदि का निर्माण हुआ।

1970 के दशक में भौतिकी का एक स्टैण्डर्ड मॉडल प्रस्तुत किया गया जिसके अनुसार ब्रह्माण्ड की रचना 12 मूल कणों एवं चार बलों के योगदान से हुई बताई गईं वैज्ञानिकों ने 11 मूल कण तो खोज लिए लेकिन वे 12वें कण को नहीं खोज पाए। उधर उस कण की खोज भी नहीं हो पा रही थी जो अन्य कणों को वजन अर्थात द्रव्यमान प्रदान कर रहा था। तब तक ब्रिटिश भौतिक विज्ञानी पीटर हिग्स अपने अन्य 5 साथियों के साथ हिग्स बोसोन की परिकल्पना प्रस्तुत कर चुके थे। वैज्ञानिकों ने हिग्स की परिकल्पना के अनुसार 12वें कण के रूप में हिग्स बोसोन के अस्तित्व को स्वीकार कर लिया। यह सैद्धान्तिक रूप से तो उचित लग रहा था, लेकिन इस कण का वैज्ञानिक परीक्षण होना शेष था, क्योंकि अन्य कणों का वैज्ञानिक परीक्षण हो चुका था। अब वैज्ञानिकों के समक्ष समस्या यह थी कि या तो वैज्ञानिक परीक्षण के द्वारा हिग्स बोसोन की प्रमाणिकता सिद्ध की जाए या स्टैण्डर्ड मॉडल को खारिज करके अन्य सिद्धान्त तैयार किए जाएं।

अब तक स्टैण्डर्ड मॉडल को काफी मान्यता मिल चुकी थी और इसे कण भौतिकी तथा हमारे चारों ओर फैले ब्रह्माण्ड का आधार माना जा रहा था। उधर वैज्ञानिकों का यह भी मत था कि हिग्स बोसोन को खोजना बहुत

कठिन काम है क्योंकि यह सेकेण्ड के अरबवें हिस्से तक ही जीवित रहता है और उसके बाद यह या तो अन्य किसी कण में मिल जाता है या फिर नष्ट हो जाता है। उधर इसे खोजने के लिए भारी ऊर्जा की भी ज़रूरत थी। चूंकि माना जा रहा था कि हिग्स बोसोन भी महा विस्फोट के बाद अस्तित्व में आए। अतः इन्हें खोजने के लिए लगभग उतनी ऊर्जा और उसी प्रकार के माहौल की ज़रूरत थी जैसा कि बिग बैंग के समय थी। वैज्ञानिकों ने प्रयास चालू रखे और लार्ज हैड्रान कोलाइडर नामक, तकनीक में विश्व में सर्वश्रेष्ठ मशीन की सहायता से हिग्स बोसोन की झलक पा ली और वैज्ञानिक समुदाय के समक्ष इस बात की घोषणा कर दी गई कि हिग्स बोसोन अर्थात गॉड पार्टिकल जैसा कण खोज लिया गया है।

हिग्स का गॉड पार्टिकल सिद्धान्त

सृष्टि में हर चीज़ को कार्य करने के लिए द्रव्यमान की आवश्यकता होती है। अगर इलैक्ट्रॉनों में द्रव्यमान नहीं होता तो परमाणु नहीं होते और परमाणुओं के बगैर दुनिया में किसी भी चीज़ का सृजन असम्भव था। पीटर हिग्स ने इस विचार को ही लेकर इस सिद्धान्त की कल्पना की जिसे आगे चलकर हिग्स का सिद्धान्त कहा गया। पीटर हिग्स के अनुसार "गॉड पार्टिकल एक सब एटामिक कण है जो पदार्थ को भार प्रदान करता है। यह ऐसा मूल कण है जो ब्रह्माण्ड में हर कहीं मौजूद है और ब्रह्माण्ड को अपनी ऊर्जा से संचालित करता है। इस कण में कोई आन्तरिक स्पिन या इलेक्ट्रिक या कलर चार्ज नहीं होता। इस कण का अपना एक क्षेत्र होता है। इसके इलाके से गुज़रने वाले दूसरे कणों को विरोध का सामना करना पड़ता है। जितना कमज़ोर विरोध होगा, उस कण का उतना ही ज़्यादा भार होगा।" इसी मूल कण की खोज के लिए जेनेवा में वैज्ञानिकों का जमघट लगा हुआ है।

हिग्स फील्ड

वैज्ञानिक कहते हैं कि पदार्थ और कुछ नहीं है, यह ऊर्जा का ही दूसरा रूप है। ऊर्जा का कोई द्रव्यमान अर्थात भार या वजन नहीं होता है, जबकि

पदार्थ में भार होता है। कहते हैं पदार्थ के इसी भार की वजह से ब्रह्माण्ड अस्तित्व में आया। लेकिन लोग समझ नहीं पा रहे थे कि पदार्थ को भार कौन प्रदान कर रहा है? पीटर हिग्स की हिग्स बोसोन की परिकल्पना इसी प्रश्न से जुड़ी हुई है। इस बात की खोज के लिए पीछे नज़र दौड़ाई गई, तब लोगों को याद आया कि 14 अरब वर्ष पूर्व बिग बैंग की घटना हुई थी। उस घटना के बाद सेकेण्ड के पहले अरबवें हिस्से के दौरान भार रहित भौतिक कण प्रकाश की गति से बिखरने लगे थे। लेकिन जैसे ही यह बिखर रहे कण एक विशेष मूल कण के सम्पर्क में आए वैसे ही यह कण भार युक्त हो गए और आपस में जुड़ने लगे और इसी के बाद ब्रह्माण्ड बना। आकाशगंगाएं बनीं, तारे बने और जीवन बना। कहने का तात्पर्य यह है कि हमारे चारों ओर जो कुछ भी दिखाई दे रहा है वह इसी कण के कारण सम्भव हुआ। लोग तो यहां तक कहते हैं कि यदि गॉड पार्टिकल न होता तो, न अणु होता और हम भी न होते।

हिग्स फील्ड की परिकल्पना 1964 में उस समय सामने आई जब ब्रिटिश भौतिक शास्त्री पीटर हिग्स स्काटलैण्ड के पहाड़ों में घूम रहे थे। तभी उन्होंने महसूस किया कि सम्पूर्ण ब्रह्माण्ड में व्याप्त एक विशाल ऊर्जा क्षेत्र है। यह क्षेत्र अपने पास से गुज़रने वाले भौतिक कणों को अपनी ओर खींच लेता है और उन्हें भारी बना देता है। इस अदृश्य ऊर्जा क्षेत्र को ही **हिग्स फील्ड** कहा गया है। यह फील्ड ब्रह्माण्ड में हर कहीं पाया जाता है। पीटर हिग्स की इसी सम्भावना पर आगे इस कण के लिए महा खोज का निर्णय लिया गया था। अब चूंकि इस महा खोज से संकेत मिले हैं कि हिग्स बोसोन जैसा कण ब्रह्माण्ड में मौजूद है। अतः हिग्स फील्ड की थ्योरी सही सिद्ध हुई अब इस खोज से ब्रह्माण्ड के सम्बन्ध में हमारी समझ में बढ़ोत्तरी होने की सम्भावना है।

कुछ लोगों ने हिग्स फील्ड की तुलना एक प्रसिद्ध नेता या अभिनेता से भी की है। जैसे किसी स्थान पर राजनीतिक दल की बैठक होनी हो तो वहां पर उस दल के कार्यकर्त्ता इधर-उधर टहलते, एक दूसरे से गपशप करते हुए या गलबहिया करते मिलेंगे। लेकिन जैसे ही मीटिंग हॉल में प्रतीक्षित सबसे बड़ा नेता पहुंचेगा वैसे ही सभी कार्यकर्त्ता उस नेता की

ओर लपकते हैं और उसी के आस-पास रहने की कोशिश करते हैं। जो कार्यकर्त्ता ज़्यादा देर तक नेता के पास रह लेता है, या बात कर लेता है, या उसकी बगल में बैठने का अवसर पा जाता है वह अन्य कार्यकर्त्ताओं की नज़र में अधिक वजनदार माना जाता है। हिग्स फील्ड और हिग्स बोसोन या गॉड पार्टिकल के पीछे भी यही थ्योरी काम करती है।

इस खोज से क्या फायदे होंगे?

लोगों की जिज्ञासा है कि गॉड पार्टिकल की खोज हो जाने, अर्थात हिग्स बोसोन की खोज से हमें क्या फायदे होंगे? वैसे तो अभी भविष्य के लिए कयास ही लगाए जा सकते हैं। हो सकता है यह खोज उसी प्रकार एक क्रान्तिकारी खोज सिद्ध हो जैसी खोज निकोलस कापरनिक्स ने की थी और सब मान्यताओं को दरकिनार करते हुए घोषणा की थी कि पृथ्वी सहित अन्य सभी ग्रह सूर्य के चारों ओर चक्कर लगाते हैं और आज पूरी दुनिया इस बात को मानती है। भविष्य में क्या होगा? यह अभी स्पष्ट नहीं है। लेकिन तात्कालिक रूप से इस खोज के निम्नलिखित लाभ गिनाए जा रहे हैं :-

- इन्टरनेट की गति को तूफ़ानी रफ्तार से बढ़ाया जा सकेगा। इससे संचार की दुनिया में एक नई क्रान्ति आने की सम्भावना है और माना जा रहा है कि संचार क्षेत्र में कई महत्वपूर्ण क्रान्तिकारी बदलाव भी होंगे।
- अन्तरिक्ष तकनीक को पहले से अधिक प्रभावशाली बनाया जा सकेगा। इससे अन्तरिक्ष विज्ञान जहाँ समृद्ध होगा वहीं स्पेस शटल आदि भेजने में कम ऊर्जा का प्रयोग होगा।
- इस खोज की मदद से अन्य ग्रहों के रहस्यों पर से पर्दा उठने की पूरी सम्भावना है। हो सकता है अन्य ग्रहों से उसी प्रकार सम्बन्ध हो जाएं जैसे आज विश्व के अन्य देशों से हमारे सम्बन्ध और सम्पर्क हैं।
- इस खोज से डार्क मैटर, डार्क ऊर्जा, ऊर्जा की गुणवत्ता और श्रेष्ठ स्तर की समरूपता को खोजने में सहायता मिलेगी।

- इस खोज से नैनो तकनीक के और अधिक विकसित होने की सम्भावना है। जिससे हमारी पूरी जीवन शैली ही बदल सकती है।
- हिग्स बोसोन के आधार पर नए अणुओं की रचना में मदद मिलेगी और यही अणु आगे चलकर वस्तुओं के निर्माण का आधार बनेंगे और हम मनचाही वस्तुएं बना सकने में सक्षम हो सकते हैं।
- इन कणों के माध्यम से एक नये ब्रह्माण्ड की उत्पत्ति भी सम्भव है।
- इस कण के माध्यम से वर्तमान ब्रह्माण्ड की बनावट की जानकारी मिलेगी। अभी तक हम ब्रह्माण्ड के सम्बन्ध में जो कुछ भी देख पा रहे हैं, कहा जाता है कि वह ब्रह्माण्ड का केवल 4% हिस्सा है। अभी 96% हिस्सा तो अदृश्य है। इस खोज के सहारे इस 96% हिस्से में भी पहुंच बनने की सम्भावना है।
- क्षणिक अस्तित्व वाले कणों का भी पता लगाया जा सकेगा और उनके महत्त्व का आकलन सम्भव हो सकेगा।
- यह प्रयोग बीमारियों के इलाज में भी अपनी अहम भूमिका निभाएगा।
- इस प्रयोग के बाद बड़े-बड़े पावर स्टेशन बनाने की सम्भावना बलवती हुई है, क्योंकि इन प्रयोगों से इतनी ऊर्जा निकलती है जिसे सम्भालने के लिए बड़े-बड़े पॉवर हाउसों की ज़रूरत होगी साथ ही ऊर्जा का भण्डार बढ़ने की सम्भावना है।
- वाहनों की रफ्तार में बढ़ोतरी हो सकेगी। जिससे माल ढुलाई और परिवहन में समय और धन की बचत होगी।
- वैज्ञानिकों का कहना है कि हिग्स बोसोन के माध्यम से जब किसी वस्तु के द्रव्यमान के स्रोत का पता लग जाएगा तो उस वस्तु को आसानी से भारहीन किया जा सकेगा। इससे वस्तु के स्थानान्तरण में बल का प्रयोग कम होने से ऊर्जा की बचत होगी। साथ ही भार हटने के बाद वस्तु को प्रकाश की गति से कहीं भी भेजा जा सकेगा।

- लोगों का कहना है कि जमीन के नीचे सड़के बनाना सम्भव हो सकेगा।
- इस खोज को एक ऐतिहासिक खोज माना जा रहा है जो आगे चलकर मील का पत्थर सिद्ध होगी।

क्या कहते हैं पीटर हिग्स

4 जुलाई-2012 को भौतिक विज्ञानी पीटर हिग्स का नाम भी उन सौभाग्यशालियों की सूची में शामिल हो गया जिन्होंने अपने सपने को अपने जीवन काल में ही पूरा होते देखा। पीटर हिग्स ने भी 1964 में हिग्स बोसोन सम्बन्धी सपना देखा था जो 4 जुलाई-2012 को पूरा हुआ। जेनेवा में इस महा खोज के परिणामों को घोषित करने के लिए आयोजित समारोह में ब्रिटिश वैज्ञानिक पीटर हिग्स भी मौजूद थे। महा प्रयोग में गॉड पार्टिकल जैसे कण मौजूद होने के संकेत मिलने पर पीटर हिग्स की खुशी का ठिकाना नहीं रहा और उनकी आंखों से आंसू छलक पड़े। लोगों की तालियों की गड़गड़ाहट के बीच उन्होंने लोगों का अभिवादन स्वीकार किया। समारोह में मौजूद हर कोई रोमांचित था। उत्साहित था। खुश था। और सभी एक दूसरे को सफलता की बधाई दे रहे थे। इस मौके पर पीटर हिग्स ने कहा, **"मैं इस उपलब्धि पर हर किसी को बधाई देना चाहूंगा। मैंने कभी कल्पना भी नहीं की थी कि मैं अपने जीवन काल में ही ऐसी सफलता देख सकूंगा, जिसका मुझे पिछले 48 साल से इन्तजार था। जैसे ही गॉड पार्टिकल के संकेत मिले, मैंने अपने परिवार वालों से कहा कि तुरन्त फ्रिज में कुछ शैपेन रख दें। वाकई यह मेरे जीवन की अतुलनीय उपलब्धि है।"**

अन्य लोगों के दावे

"यह खोज प्रकृति को समझने में मील का पत्थर सिद्ध होगी। आगे के अध्ययन में और बड़े आंकड़ों की आवश्यकता होगी जिससे इस सूक्ष्म कण के गुणों की स्पष्ट व्याख्या हो सकेगी।"

डॉ. रॉल्फ ह्यूर

महानिदेशक (सर्न)

"वैज्ञानिकों ने भौतिकी के डीएनए की खोज कर ली है। इससे ब्रह्माण्ड को समझने की दिशा में किए जा रहे मानवीय प्रयास को नए रास्ते मिल गए हैं। चन्द्रमा पर कदम रखने के बाद यह मानव की सबसे बड़ी वैज्ञानिक उपलब्धि कही जा सकती है।"

पीटर नाइट
अध्यक्ष, इन्स्टीट्यूट ऑफ फ़िजिक्स, लन्दन

"सर्न ने हर पदार्थ को द्रव्यमान देने वाले कण और कारण का पता लगा लिया है। पीटर हिग्स को नोबेल पुरस्कार मिलना चाहिए। मैं 100 डॉलर हार गया हूं। मैंने गोर्डन केन से शर्त लगाई थी कि ऐसा कण कभी खोजा नहीं जा सकेगा।"

स्टीफ़न हाकिंग
प्रसिद्ध ब्रह्माण्ड वैज्ञानिक

सर्न के महानिदेशक डॉ. रॉल्फ ह्यूर ने और अधिक स्पष्ट करते हुए कहा है कि फिलहाल यह कहना जल्दबाजी होगी कि खोजा गया कण, भौतिकी स्टैण्डर्ड मॉडल के अनुसार हिग्स बोसोन है या कोई एकदम नया कण है। अभी यह दावा नहीं किया जा सकता कि यह एक अलग कण है या अब तक नहीं खोजे जा सके कणों में पहला कण है। इस खोज से मौलिक पदार्थों की मूलभूत संरचना के सिद्धान्त में बदलाव की गुंजाईस पैदा हो गई है। इन सभी तर्क-वितर्क के बावजूद डॉ. ह्यूर का कहना है कि उन्होंने हिग्स बोसोन को खोज लिया है और इस कण का भार 125 अरब इलैक्ट्रॉन बोल्ट के बराबर है।

"मैं दावा कर सकता हूं कि हिग्स बोसोन सिद्धान्त के मुताबिक एक कण की खोज कर ली है।"

जॉन वामस्ली
टैक्नोलॉजी फैसिलिटी काउन्सिल के मुख्य
कार्यकारी अधिकारी

इस खोज में जुटी टीमों में से एक टीम CMS के प्रवक्ता 'जोय

इंकाडेला' ने कहा कि खोज अभी प्रारम्भिक अवस्था में है, लेकिन इसके ठोस सबूत मिले हैं। हिग्स बोसोन से सैद्धान्तिक रूप से इतर ब्रह्माण्ड के निर्माण को समझना फिलहाल जटिल है। फिर भी इस खोज से यह पता चल सकता है कि कण, तारे, ग्रह कैसे एक दूसरे से जुड़ते हैं? निर्धारित स्टैण्डर्ड मॉडल में अब तक गॉड पार्टिकल को ही नहीं खोजा जा सका था। अभी तक हिग्स बोसोन केवल परिकल्पना मात्र था लेकिन, चूंकि इसके लक्षण पहले से ही ज्ञात थे अतः इसे पहचानने में आसानी हुई। अब इस खोज के बाद पता लग सकेगा कि जीव का उद्‌भव कैसे हुआ? पिछले 48 वर्ष से हम इस खोज में व्यस्त थे कि पदार्थ किस तरह से अपना द्रव्यमान हासिल करता है। आज हमें इसमें सफलता मिल गई है।

हिग्स बोसोन नाम क्यों पड़ा?

लम्बे समय से भौतिक शास्त्री इस बात पर विचार कर रहे थे कि कुछ सूक्ष्म कण क्यों भारी होते हैं, कुछ हल्के भार वाले होते हैं और कुछ कण तो एकदम भारहीन होते हैं। इस सम्बन्ध में तरह-तरह की परिकल्पनाएं थीं। लेकिन जिस परिकल्पना को सबसे अधिक उपयुक्त पाया गया, उसे

सदी की खोजः गॉड पार्टिकल की घोषणा करते 'सर्न' के निदेशक ब्रूर

1964 में अंग्रेज भौतिक शास्त्री पीटर हिग्स ने अपने 5 अन्य साथियों के साथ पेश किया। पीटर हिग्स ने एक ऐसे ऊर्जा क्षेत्र की कल्पना सबके सामने प्रस्तुत की, जिसे 'हिग्स फील्ड' कहा गया। पीटर हिग्स ने बताया कि अन्य सभी ऊर्जा क्षेत्र अपने ऊर्जा स्रोत पर निर्भर रहते हैं। इसीलिए वे बदलते रहते हैं लेकिन हिग्स फील्ड की विशेषता यह है कि वह पूरे ब्रह्माण्ड में व्याप्त है। अतः इस फील्ड के बदलने की सम्भावना ही नहीं है। क्वांटम भौतिकी के अनुसार किसी भी ऊर्जा के क्षेत्र में ऊर्जा के पुंज मौजूद रहते हैं। हिग्स फील्ड में पाए जाने वाले कणों को हिग्स बोसोन कहा गया। पीटर हिग्स की परिकल्पना के अनुसार कोई भी सूक्ष्म कण अपने मार्ग में जितने हिग्स बोसोन जुटा लेता है उतना ही अधिक उसका भार होता है। साधारण अर्थों में कहा जाए तो यह उसी प्रकार है जैसे राह में चलता कोई नेता अपने पीछे जितनी भीड़ जुटा लेता है, उसका राजनीतिक कद या वजन उतना ही ज़्यादा माना जाता है। जो अकेला चलता है उसका कोई वजन नहीं माना जाता है। जहां तक हिग्स बोसोन नामकरण का सवाल है उसके सम्बन्ध में हम सबसे पहली चीज़ यह जानते हैं कि यह नाम भौतिकी के वैज्ञानिक पीटर हिग्स के नाम पर रखा गया, क्योंकि एडिनबर्ग विश्वविद्यालय के इस प्रोफेसर ने ही सबसे पहले इसकी परिकल्पना प्रस्तुत की थी। यद्यपि इस काम में फिलिप्स एण्डरसन के योगदान की भी चर्चा सुनी गई है लेकिन हम सभी के योगदान में हिग्स के योगदान को सबसे ऊपर पाते हैं। यदि अभी तक की उपलब्ध परिभाषा को देखें तो पता लगता है कि हिग्स बोसोन एक काल्पनिक मूल कण है, जिसकी सम्भावना पार्टिकल फिजिक्स के स्टैण्डर्ड मॉडल के आधार पर व्यक्त की गई है। यह सूक्ष्म कणों की उस श्रेणी में आता है जिसे बोसोन कहा जाता है।

यहां पर पीटर हिग्स के नाम पर हिग्स शब्द तो समझ में आता है, लेकिन प्रश्न यह उत्पन्न होता है कि यह बोसोन शब्द कहां से आया। बोसोन शब्द सुनने या उच्चारित करने में कुछ-कुछ यूरोपीय या जर्मन वंश का लगता है, लेकिन हकीकत यह है कि बोसोन शब्द भारतीय भौतिक शास्त्री **सत्येन्द्रनाथ बोस** के नाम से निकला है। कहते हैं कि कलकत्ता

के इस वैज्ञानिक ने 1924 में महसूस किया कि गैसों के तापीय व्यवहार के विश्लेषण के लिए 19वीं सदी में जो सांख्यिकीय विधियां या तरीके निश्चित किए गए हैं वे अपर्याप्त हैं। इसीलिए उन्होंने क्वांटम सांख्यिकी पर एक शोध पत्र तैयार किया और छपने के लिए एक ब्रिटिश जर्नल को भेज दिया। उस ब्रिटिश जर्नल ने बोस के इस शोध पत्र को छापने से इनकार कर दिया। जर्नल ने इस शोध पत्र को निचले स्तर का बताया। बोस ने उसी शोध पत्र को सीधे उस समय के मशहूर वैज्ञानिक अल्बर्ट आईंस्टीन को भेज दिया। आईंस्टीन इस शोध पत्र को पढ़कर उसके महत्त्व को समझ गए। उन्हें बोस का शोध कोयले में छुपा हीरा जैसा लगा। आईंस्टीन ने स्वयं उस शोध पत्र का अनुवाद जर्मन भाषा में किया और उसे एक जर्मन जर्नल में छपवा दिया। सत्येन्द्रनाथ बोस की इस खोज को 'बोस आईंस्टीन स्टेटिस्टिक्स' के नाम से जाना गया और बाद में क्वांटम मैकेनिक्स का मूल आधार बना। इस शोध पत्र को पढ़ते ही आईंस्टीन समझ गए थे कि भौतिक विज्ञान पर इस शोध का बहुत गहरा असर पड़ेगा। इसी से परमाणु के छोटे कणों को खोजने का रास्ता खुलेगा। इन छोटे कणों का नाम आईंस्टीन ने ही **बोसोन** रखा था। पीटर हिग्स के नाम से **हिग्स** लेकर और **सत्येन्द्रनाथ बोस** के नाम से **बोसोन** शब्द लेकर पूरा नाम 'हिग्स बोसोन' रखा गया। अल्बर्ट आईंस्टीन की एक पकड़ ने बोस के शोध पत्र के आधार पर भौतिकी को एक मज़बूत आधार दे दिया। शायद ही आज कोई भौतिक विज्ञानी इस बात से असहमत होगा कि 'बोस-आईंस्टीन स्टैटिस्टिक्स' का भौतिक विज्ञान पर जितना असर हुआ, उतना तो शायद भविष्य में हिग्स बोसोन का भी न हो।

गॉड पार्टिकल नाम क्यों पड़ा?

10 अरब डॉलर से अधिक खर्च करके 48 साल की तपस्या और लगभग 8000 वैज्ञानिकों के दिन-रात काम करने के बाद एक ऐसे कण की खोज की गई है जिसे इस संसार को रचने और चलाने का आधार माना जा रहा है। कहा जा रहा है कि इस कण की खोज से, संसार कैसे बना? कैसे चलता है? कौन है जो ब्रह्माण्ड में तैरते असंख्य कणों को आपस में बांधता

है? कहां से मिलता है इन कणों को भार? क्यों कोई कण हल्का है और कोई भारी है? जैसे सैकड़ों सवालों का जवाब मिलने की सम्भावना है। खोजे गए इस कण को ही हिग्स बोसोन या गॉड पार्टिकल कहा गया है। गॉड पार्टिकल इसलिए नहीं कहा गया है कि इस कण का ईश्वर से कोई सम्बन्ध है वरन इसलिए कहा गया है कि यह एक ऐसा कण है जो ब्रह्माण्ड की रचना और उसे चलाने के लिए ज़िम्मेदार है लेकिन इसे किसी ने देखा नहीं है। ठीक वैसे ही जैसे लोगों की आस्था है कि इस संसार को ईश्वर ने बनाया और वही इसे चला रहा है, लेकिन किसी ने ईश्वर को देखा नहीं है। चूंकि ईश्वर और इस कण के काम में समानता है इसीलिए इसे **गॉड पार्टिकल** कहा जाता है।

गॉड पार्टिकल नाम के पीछे एक और कहानी भी प्रचलित है। कहते हैं नोबेल पुरस्कार विजेता लियोन लेडेरमैन, पीटर हिग्स द्वारा प्रस्तुत की गई हिग्स बोसोन की परिकल्पना से सहमत नहीं थे। उन्होंने इस परिकल्पना की आलोचना करने और पीटर हिग्स की खिंचाई करने के लिए एक किताब लिखी। किताब का नाम रखा गया 'द गॉडडैम पार्टिकल' इस पुस्तक की पाण्डुलिपि जब प्रकाशक के पास पहुंची तो किताब का शीर्षक पढ़कर प्रकाशक महोदय घबरा गए। प्रकाशक ने महसूस किया कि शीर्षक आक्रामक है। इस शब्द के कारण बवाल होने की सम्भावना है। अतः प्रकाशक ने किताब के नाम में अपने हिसाब से संशोधन करके उस किताब का नाम **'गॉड पार्टिकल'** रख दिया। वैसे गॉड पार्टिकल नाम से पीटर हिग्स का कुछ लेना देना नहीं है। उनका कहना है कि इस खोज से भगवान को जोड़ना ठीक नहीं है, क्योंकि इस खोज से भगवान का कोई वास्ता नहीं है। भगवान अपना काम कर रहे हैं। वैज्ञानिक अपना काम कर रहे हैं। यह नाम अपने आप आया है कुछ लोगों का कहना है कि हिग्स बोसोन का नाम गॉड पार्टिकल इसलिए रखा गया ताकि भगवान में आस्था रखने वाले करोड़ों लोगों का ध्यान इस कण की ओर खींचा जा सके। लोगों का आरोप है कि गॉड पार्टिकल नाम भ्रमपूर्ण है और मीडिया की देन है। वैज्ञानिक जॉन इलिस का कहना है कि "हम इस बात की जांच नहीं कर रहे हैं कि भगवान का अस्तित्व है या नहीं। हम तो केवल ब्रह्माण्ड के

ढांचे की जांच कर रहे हैं। अतः इस खोज को भगवान के साथ जोड़ना उचित नहीं है।"

गॉड पार्टिकल के लिए इतना हल्ला क्यों?

इस समय पूरी दुनिया में हर किसी की जुबान पर हिग्स बोसोन का नाम है। जो लोग भौतिकी के जानकार हैं उनका खुश होना, उत्साहित होना, प्रसन्नता में कुछ भी बोल देना तो समझ में आता है, लेकिन यहाँ तो गली, मोहल्लों में, नुक्कड़ चौराहों में, चारों ओर शोर बरपा है। लगता है कि जैसे लोगों के बीच भगवान प्रकट हो गए हों। हर कोई एक दूसरे से कह रहा है, अरे भई हमारे वैज्ञानिकों ने भगवान को खोज लिया। इस प्रकार की उत्साहजनक प्रसिद्धि अक्सर किसी खोज को नहीं मिलती। यहां तक कि अब तक कई नामी गिरामी खोजें हुई जिन्होंने आम जनजीवन को बदल दिया, लेकिन उन्हें भी इतनी प्रसिद्धि नहीं मिली। देखिए चेचक के लिए वैक्सीन खोजी गई। डी.एन.ए. की संरचना खोजी गई। सापेक्षता सिद्धान्त आया। कम्प्यूटर, मोबाईल, मोटर साईकिलें, वायुयान सभी की खोजें हुईं, लेकिन यह खोजें अपनी खोज के समय में प्रसिद्धि से कोसों दूर रहीं। एक प्रकार से गुमनामी में रहीं। लेकिन सही या गलत हिग्स बोसोन की खोज से दुनिया में तहलका मच गया।

हिग्स बोसोन की खोज को लेकर इतना उत्साह और रोमांच इसलिए भी है क्योंकि नोबेल पुरस्कार बिजेता भौतिक शास्त्री लियोन लेडेरमैन ने इसे **'गॉड पार्टिकल'** का नाम दे दिया और यह नाम इतना प्रचलित हो गया कि लोग मानने लगे कि शायद हिग्स बोसोन का भगवान से कुछ रिश्ता है। दूसरी बात यह है कि हिग्स बोसोन की वास्तविक्ता जानने के लिए जो परीक्षण किया गया, वह अब तक के विज्ञान के प्रयोगों में सबसे बड़ा, सबसे महंगा और महत्त्वाकांक्षी परीक्षण है। इस प्रयोग के लिए जो मशीन बनाई गई है वह 27 कि.मी. लम्बी और लगभग 175 मीटर गहराई में सुरंग के रूप में रिंग की शेप में बनाई गई है। यह एक दैत्याकार मशीन है जिसमें प्रयोग के माध्यम से हिग्स बोसोन को खोज लेने का दावा किया जा रहा है। इस महा मशीन से 14 अरब वर्ष पूर्व की वह परिस्थिति उत्पन्न

करने की कोशिश की गई जब महा विस्फोट हुआ था और उसके बाद ब्रह्माण्ड की रचना हुई मानी गई है। पिछले वर्षों में जब परीक्षण के लिए इस मशीन को चालू किया जाना था तब आम जनता में विकट शोर मचा था कि इस मशीन के चालू होते ही महा विस्फोट होगा और उस महा विस्फोट से उत्पन्न ऊर्जा को यह मशीन संभाल नहीं पाएगी। यह दुनिया तहस-नहस हो जाएगी। काफी दिनों तक लोग सहमे रहे थे। लेकिन परीक्षण हुआ और सब कुछ सामान्य रहा। तब से आम लोगों की निगाहें इस परीक्षण में लगी थीं और जब 4 जुलाई-2012 को सर्न में वैज्ञानिकों ने घोषणा की कि उन्होंने हिग्स बोसोन को खोज लिया है, तो लोग उछल पड़े। आम लोगों के बीच चर्चा चल निकली कि हमारे वैज्ञानिकों ने ब्रह्माण्ड को रचने वाले कण को खोज लिया है, और शायद हम कुछ वर्षों में नया ब्रह्माण्ड रच लेंगे। लोगों की इसी भय मिश्रित उत्सुकता के कारण इस प्रयोग को प्रसिद्धि मिली।

यद्यपि अधिकतर लोगों के लिए इस सूक्ष्म कण का महत्त्व समझ पाना वैसे ही कठिन है जैसे उनके लिए सापेक्षिता का सिद्धान्त समझ पाना कठिन है लेकिन चूंकि इस खोज के साथ गॉड शब्द जुड़ गया है। अतः आम जनता इसे भगवान से जोड़ कर देख रही है।

हिग्स की परिकल्पना के अनुसार सारी दुनिया में जो भी वजन हैं वह हिग्स बोसोन की वजह से ही है। यदि गहराई से महसूस किया जाए तो हिग्स बोसोन की यह खोज इतनी महत्वपूर्ण और बुनियादी है जैसे न्यूटन की गुरुत्वाकर्षण की खोज थी। वैसे हिग्स की परिकल्पना भौतिक शास्त्र में ढांचे के तो फिट थी लेकिन बिना परीक्षण के वास्तविक दुनिया में हिग्स को प्रमाणित करने में दिक्कत आ रही थी। इसीलिए इतना बड़ा प्रयोग करना पड़ा और हमारे वैज्ञानिकों के हाथ सफलता लगी। वैसे तो विज्ञान हर समय रोमांचकारी, रहस्यमय और दिलचस्प बना रहता है, क्योंकि वह हर वक्त अधूरा होता है। विज्ञानियों की रूचि कभी कम नहीं होती। वे कभी सन्तुष्ट भी नहीं होते। उनका मूल मन्त्र होता है, इस खोज के बाद और आगे क्या है? और खोजें जारी रहती

हैं। आम जनता उत्सुकता से प्रतीक्षा करती रहती है और जब कोई बड़ी सफलता मिलती है, तो जनता में हर्ष का शोर मचता है। आज गॉड पार्टिकल के लिए चारों ओर इसी प्रकार का शोर मचा है। आज सभी लोग सब कुछ जान लेने की जल्दी में हैं।

गॉड पार्टिकल के नायक

पीटर हिग्स (PETER HIGGS)

हिग्स बोसोन की खोज के बाद अचानक पीटर हिग्स नाम के ब्रिटिश वैज्ञानिक चर्चा में आ गए क्योंकि, हिग्स बोसोन की प्रारंभिक परिकल्पना इन्होंने ही 1964 में अपने 5 अन्य साथियों के साथ प्रस्तुत की थी। 5 अन्य साथियों में से बर्ट, एंगलर्ट, हेगन, गुरालनिक तथा किबले शामिल थे। पीटर हिग्स का जन्म 29 मई 1929 को ब्रिटेन में हुआ। स्कूली शिक्षा के बाद उन्होंने लन्दन के किंग्स कॉलेज में भौतिक विज्ञान की पढ़ाई की। पढ़ाई के दौरान उन्होंने उच्च शिक्षा के लिए भौतिकी के एक नए विकल्प के रूप में सैद्धान्तिक भौतिकी का चुनाव किया। 1950 में उन्होंने पढ़ाई में शानदार परिणाम देते हुए प्रथम श्रेणी में ऑनर्स के साथ डिग्री प्राप्त की। डिग्री प्राप्त करने के बाद उन्होंने भौतिकी में ही लैक्चरर की नौकरी के लिए किंग्स कॉलेज में ही ओवदन पत्र दिया, लेकिन उन्हें लैक्चरर की नौकरी नहीं मिली। बाद में उन्हें एडिनबर्ग विश्वविद्यालय में रिसर्चफेलो की नौकरी मिली। वर्ष 1964 में उन्होंने गॉड पार्टिकल के सिद्धान्त के तहत पदार्थ के द्रव्यमान के अस्तित्व

पीटर हिग्सः सच हुआ सपना

की परिकल्पना प्रस्तुत की। यद्यपि वैज्ञानिकों ने उनकी परिकल्पना को उस समय मान्यता नहीं दी, लेकिन वे इस परिकल्पना के माध्यम से भौतिक विज्ञानियों की जमात में एकाएक चर्चा में आ गए। 1997 में सैद्धान्तिक भौतिकी के क्षेत्र में शानदार योगदान के लिए उन्हें डेरिक मेडल से सम्मानित किया गया। उसी वर्ष यूरोपीय भौतिकी समिति ने भी उन्हें सम्मानित किया। वर्ष 2004 में उन्हें वोल्फ पुरस्कार मिला। वर्ष 2006 में वे एडिनबर्ग विश्वविद्यालय से सम्मान सहित सेवानिवृत्त हुए। वर्ष 2010 में उन्हें अपने अन्य साथियों के साथ जे.जे. सकुन्ज़री प्राईज से नवाजा गया। 4 जुलाई-2012 का दिन उनकी जिन्दगी में सबसे शानदार रहा। इसी दिन 1964 में उनके द्वारा प्रस्तुत की गई परिकल्पना को एक महान प्रयोग के द्वारा सिद्ध कर दिया गया। 48 साल की तपस्या के बाद 4 जुलाई-2012 को उनकी आंखों में खुशी के आंसू आए। 83 वर्ष की उम्र में वे इस समय जेनेवा में रह रहे हैं। पीटर हिग्स ऐसे वैज्ञानिकों की श्रेणी में शामिल हो गए जिन्होंने अपने जीवन काल में ही अपनी परिकल्पना को साकार होते देख लिया।

सत्येन्द्रनाथ बोस (SATYENDRA NATH BOSE)

सत्येंद्र नाथ बोसः बोसोन के जनक

हिग्स बोसोन की खोज के साथ ही बोसोन शब्द का प्रतिनिधित्व करने वाले भारतीय वैज्ञानिक सत्येन्द्रनाथ बोस का चेहरा भी सभी को याद आ गया। और उनकी गिनती इस खोज के लिए परिकल्पना प्रस्तुत करने वाले नायक के रूप में हुई। 1 जनवरी-1894 को सत्येन्द्रनाथ बोस का जन्म कोलकाता में हुआ। बोस के पिता का नाम सुरेन्द्रनाथ बोस था। वे ईस्ट इण्डिया रेलवे कम्पनी के

इन्जीनियरिंग विभाग में काम करते थे। बोस बचपन से ही पढ़ाई के मामले में तेज तर्रार थे। वे बांग्ला, अंग्रेजी, फ्रेंच, जर्मन और संस्कृत विषयों के जानकार थे। पढ़ाई में शानदार कैरियर की बदौलत उन्हें कलकत्ता विश्वविद्यालय के भौतिकी विभाग में लैक्चरर के रूप में नौकरी मिली। 1920 के दशक में वे सबसे बेहतरीन गणितज्ञ और भौतिकशास्त्री माने जाते थे। 1924 में वे ढ़ाका विश्वविद्यालय में जब रीडर के पद पर थे तब उन्होंने क्वांटम फिजिक्स से सम्बन्धित एक शोधपत्र लिखा। लेकिन किसी सांइस पत्रिका ने इस लेख को प्रकाशित नहीं किया। जब प्रकाशन के लिए सभी ओर से निराशा हाथ लगी तो उन्होंने अपना शोधपत्र मूल रूप में उस समय के अग्रणी भौतिक वैज्ञानिक अल्बर्ट आईंस्टीन को भेज दिया। आईंस्टीन ने जब इस शोध पत्र को पढ़ा तब वह आश्चर्यचकित रह गए। उन्होंने शोध को महत्वपूर्ण माना और स्वयं जर्मन भाषा में अनुवाद करके जर्मन पत्रिका में छपवा दिया। बोस ने अपने शोध में बताया था कि एटम के दो प्रमुख सब-एटामिक हिस्से होते हैं। **बोसोन** और **फर्मियोन।** बोस ने आईंस्टीन के साथ मिल कर काम किया। बाद में सब-एटामिक कण का नाम उनके नाम पर ही बोसोन रखा गया। 1937 में रविन्द्र नाथ टैगोर ने अपनी विज्ञान पर लिखी एक मात्र पुस्तक विश्वपरिचय को सत्येन्द्रनाथ को ही समर्पित किया था। 1954 में भारत सरकार ने उन्हें पद्‌म भूषण से सम्मानित किया। 1958 में वह रॉयल सोसाईटी के फेलो बने तथा राज्य सभा के सदस्य भी रहे। 1959 में उन्हें नेशनल प्रोफेसर नियुक्त किया गया। 4 फरवरी-1974 को उनकी मृत्यु हुई। 4 जुलाई-2012 को गॉड पार्टिकल की खोज के समय उन्हें याद किया गया। क्योंकि उनके द्वारा चिन्हित किए गए कण को ही पीटर हिग्स ने हिग्स बोसोन के नाम से प्रस्तुत किया था।

महा प्रयोग और भारत

इस बात पर भी लोगों के बीच चर्चा हो रही है कि इस महा प्रयोग में भारत का क्या योगदान रहा? क्या भारत इस प्रकार के प्रयोग में पीछे है, या भारतीय वैज्ञानिक इस तरह के विश्व चर्चित प्रयोगों में हिस्सा नहीं

लेते? लेकिन तथ्य और उपलब्ध विवरण बताते हैं कि गॉड पार्टिकल की खोज के लिए किए गए इस महा प्रयोग में भारत का बहुत गहरा योगदान रहा है। भारत के भौतिकी के जाने-माने वैज्ञानिक सत्येन्द्रनाथ बोस के नाम पर ही इस कण का नाम बोसोन रखा गया। इस कण की खोज तो अब हुई है, लेकिन आईंस्टीन ने तो सत्येन्द्रनाथ बोस के शोध पत्र के आधार पर इसका नाम 1924 में ही बोसोन रख दिया था। बोस के शोध के आधार पर ही बोस और आईंस्टीन ने इस तत्त्व की एक विशेष अवस्था को समझा था, जिसे बोस आईंस्टीन कंडस्टेट कहा गया। इसमें पाए जाने वाले कण एक खास तरीके से व्यवहार करते हैं इसीलिए उन्हें बोसोन कहा गया। भारत प्रत्यक्ष और अप्रत्यक्ष रूप से शुरू से ही इस प्रयोग से जुड़ा रहा है। वर्ष 2010 से जेनेवा में शुरू हुए लार्ज हैड्रान कोलाईडर प्रयोग में भारत के 150 वैज्ञानिकों का सीधा योगदान रहा है। इस महा मशीन का प्रमुख कम्पोनेन्ट, भारतीयों की मदद से बना है, जो एफिल टावर से भी भारी है। लाखों इलैक्ट्रॉनिक चिप चंडीगढ़ में बने हैं। सुरंग को सपोर्ट देने के लिए हाइड्रोलिक स्टैण्ड भारत में ही बनाए गए। इस खोज में प्रयुक्त हार्डवेयर और साफ्टवेयर काफी बड़ी मात्रा में भारतीय फर्मों द्वारा उपलब्ध कराए गए। भारत के कई संस्थानों का इस प्रयोग से सीधा सम्बन्ध रहा है जिनमें साहा इन्स्टीट्यूट ऑफ न्यूक्लियर फिजिक्स कोलकाता, टाटा इन्स्टीट्यूट ऑफ फण्डामेन्टल रिसर्च, मुम्बई, हरीशचन्द्र रिसर्च इन्स्टीट्यूट इलाहाबाद, इन्स्टीट्यूट ऑफ फिजिक्स भुवनेश्वर, अलीगढ़ मुस्लिम विश्वविद्यालय, जम्मू विश्वविद्यालय, गुवाहाटी और राजस्थान विश्वविद्यालय प्रमुख हैं।

इस महा प्रयोग से जुड़ी भारतीय वैज्ञानिक अर्चना शर्मा ने बताया कि इस प्रयोग में भारतीयों की महत्वपूर्ण भूमिका रही है। खासतौर पर एक्सीलेरेटर मशीन के संशोधित मैग्नेट को तैयार करने, मशीन को चलाने, सी.एम.एस. प्रयोग के हार्डवेयर और सॉफ्टवेयर के निर्माण में, उन्हें यथा स्थान स्थापित करने व चालू करने में तथा डाटा एनालेसिस में भारतीयों का गहरा योगदान रहा है। लार्ज हैड्रान कोलाईडर नामक मशीन के निर्माण के लिए भारत सरकार ने 1994 में 2-5 करोड़ अमेरिकी डॉलर की आर्थिक

सहायता भी दी थी। भारत की महामहिम स्वयं इस प्रयोग को देखने के लिए आई थीं।

यह खोज भारतीय धर्मग्रन्थों की महत्ता को भी बताती है, जिनमें ब्रह्माण्ड की उत्पत्ति की झलक मिलती है। भगवान शिव के तांडव नृत्य वाली नटराज की प्रतिमा इसका स्पष्ट उदाहरण है। शायद यही वजह है कि जब ब्रह्माण्ड की उत्पत्ति पर शोध की दिशा में बात आगे बढ़ी, तो भारत सरकार ने नटराज की एक प्रतिमा सर्न को भेंट की थी, जिसे सर्न के परिसर में स्थापित किया गया।

यूरोपियन आर्गनाईजेशन फार न्यूक्लियर रिसर्च के प्रवक्ता ने भी इस खोज में भारत के योगदान को स्वीकार किया है। संस्थान के प्रवक्ता पावलो गिबेलिनों ने कहा कि

''हमारे लिए भारत इस प्रोजेक्ट के ऐतिहासिक पिता की तरह है।''

महा प्रयोग की महा मशीन से कैसे हुई गॉड पार्टिकल की खोज?

गॉड पार्टिकल की परिकल्पना 1964 में पीटर हिग्स द्वारा प्रस्तुत की गई थी। इससे पहले अल्बर्ट आईंस्टीन ने न्यूटन के गुरुत्वाकर्षण सिद्धान्त की व्याख्या की थी, लेकिन वे यह नहीं बता पाए थे कि सूक्ष्म कणों में भार क्यों और कैसे होता है? क्योंकि कुछ कण भारयुक्त और कुछ कण भारहीन पाए गए। तब यह बहस का व्यापक मुद्दा था कि पदार्थ के सभी सूक्ष्म कणों में भार क्यों नहीं होता? यदि सारे बुनियादी कण निर्माण की किसी एक ही प्रक्रिया से निकले हैं तो फिर उनमें भार के मामले में अन्तर क्यों है? जैसे बिजली की सबसे छोटी इकाई में तो वजन होता है, लेकिन प्रकाश की सबसे छोटी इकाई में भार नहीं होता है। इसी बहस के मुद्दे को लेकर पीटर हिग्स ने अपनी परिकल्पना प्रस्तुत की थी। उनका कहना था कि किसी कण में पाया जाने वाला वजन बोसोन कण के कारण होता है। बोसोन एक ऐसा मूल कण है, जिसका एक क्षेत्र होता है और यह ब्रह्माण्ड में हर कहीं मौजूद होता है। जब कोई दूसरा कण इस क्षेत्र से गुज़रता है

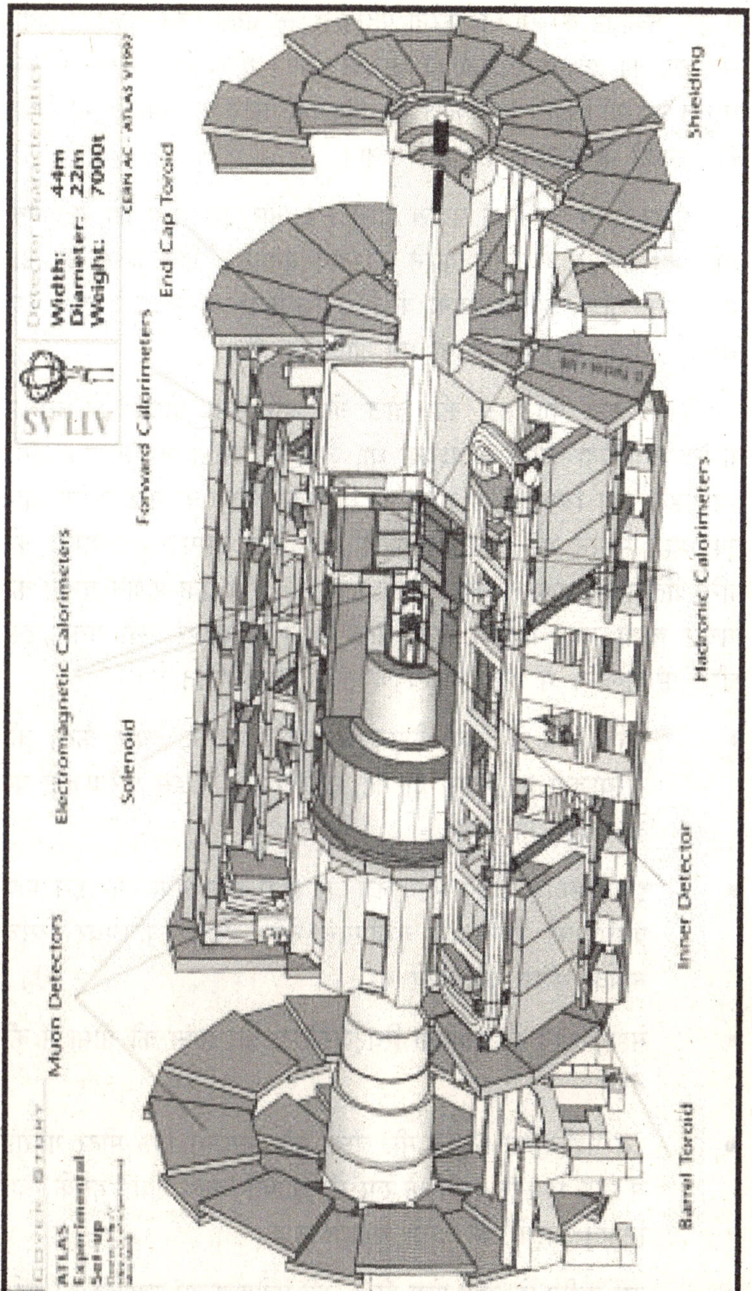
ATLAS
Width: 44m
Diameter: 22m
Weight: 7000t
End Cap Toroid
Shielding
Forward Calorimeters
Electromagnetic Calorimeters
Solenoid
Hadronic Calorimeters
Muon Detectors
Inner Detector
ATLAS
Experimental
Set-up
Barrel Toroid

तो उसे रुकावट का सामना करना पड़ता है। रुकावट जितनी ज्यादा होगी, उस कण का द्रव्यमान उतना ही अधिक होगा। चूंकि पीटर हिग्स की यह प्रस्तुति नई थी। अतः अधिकांश वैज्ञानिकों ने पीटर का उपहास भी किया और उनकी परिकल्पना को नहीं माना।

पीटर हिग्स ने अपने प्रयास चालू रखे और इस तथ्य को वैज्ञानिक प्रयोग के माध्यम से सिद्ध करने का मन बनाया। पीटर हिग्स की यह परिकल्पना चूंकि ब्रह्माण्ड रचना के लिए ज़िम्मेदार मानी जानी वाले महा विस्फोट (बिग बैंग) की घटना पर आधारित थी।

अतः गॉड पार्टिकल की खोज के लिए उसी प्रकार की कृत्रिम परिस्थितियां पैदा करना आवश्यक था, जैसी परिस्थिति लगभग 14 अरब वर्ष पहले महा विस्फोट के समय थी। इसके लिए एक महा प्रयोग और एक महा मशीन की आवश्यकता थी, जो महा विस्फोट के समय की परिस्थितियों को सम्भाल सके। इसके लिए 1980 में एक मशीन बनाने का विचार किया गया, जिसका नाम लार्ज हैड्रान कोलाईडर रखा गया। इस खोज के सम्बन्ध में अन्य महत्वपूर्ण तथ्य निम्नलिखित हैं।

- वर्ष 1996 में लार्ज हैड्रान कोलाइडर मशीन तैयार करने की परियोजना को मंजूरी दी गई, और 1998 में इस परियोजना पर काम शुरू हो गया।
- इस परियोजना का मुख्यालय जेनेवा में रखा गया और इस महा प्रयोग की ज़िम्मेदारी यूरोपियन सेन्टर फार न्यूक्लियर रिसर्च नामक संस्था को सौंपी गई।
- महा मशीन की स्थापना स्विट्जरलैण्ड और फ्रांस की सीमा में की गई।
- इस मशीन को 27 कि.मी. लम्बी और लगभग 175 मीटर गहराई में एक भूमिगत सुरंग के रूप में स्थापित किया गया। इसके लिए निर्वात पाईपों का ढांचा बनाया गया।
- इस मशीन के आस-पास ही 4 बड़ी प्रयोगशालाएं स्थापित की गई।

- मानव सभ्यता के इतिहास में इस मशीन को अब तक की सबसे महंगी मशीन माना गया है।
- केवल इस महा मशीन की लागत है 3 बिलियन यूरो, और इसके अंदर प्रोट्रॉन बीम को निर्देशित करने के लिए 9300 मैगनेट लगाए गए हैं।
- यह कोई साधारण मशीन नहीं है। इसमें उपकरणों, सुपर कम्प्यूटरों और तारों का जाल बिछा हुआ है।
- इस मशीन का जीवन काल 15 वर्ष अनुमानित किया गया है। इस मशीन के बनाने में 10 वर्ष से अधिक का समय लगा।
- इस खोज दल में CMS, ALICE, ATLAS और LHCb ने हिस्सा लिया। लेकिन प्रारंम्भिक स्तर पर केवल CMS और ATLAS ने ही परिणामों की घोषणा की है।
- महा मशीन के आंकड़ों का विश्लेषण करने के लिए एक ग्रिड बनाई गई थी, जिसे लगभग एक लाख कम्प्यूटरों से जोड़ा गया।
- लार्ज हैड्रान कोलाईडर बोसोन की दुनिया का सबसे ताकतवर साईक्लोट्रान माना गया है।
- इसमें लगे प्रत्येक चुम्बक का तापमान -271.3 डिग्री सेल्सियस रखा गया। इन्हें तरल नाइट्रोजन और हीलियम से ठण्डा रखा जाता है। इस मशीन का कूलिंग सिस्टिम दुनिया के सबसे बड़े फ्रिज की तरह है। यह मशीन तकनीक के क्षेत्र में विश्व में बोजोड़ मिशाल है।
- सर्न की प्रयोगशाला की सुरंग में प्रति सेकेण्ड रिकार्ड की जाने वाली प्रोटॉनों की टकराहठ 4 करोड़ के आसपास रही।
- इस मशीन को एक जटिल साइन्टिफिक इन्स्ट्रूमेन्ट माना गया है। इसमें कणों को अलग-अलग कर सकने की क्षमता है। यह तीव्र गति से चलने वाली मशीन है।

- प्रोट्रॉनों की टकराहट से पैदा होने वाले आंकड़ों में से उनके विश्लेषण करने की सर्न की क्षमता केवल 20 प्रतिशत है। शेष 80 प्रतिशत आंकड़े विश्लेषण के लिए अन्य संस्थाओं को भेजे गए।
- 10 सितम्बर 2008 को इस महा मशीन पर प्रयोग की शुरुआत की गईं धरती में लगभग 175 मीटर नीचे हो रहे प्रयोग को तब रोकना पड़ा जब शुरुआत के नौ दिन बाद ही इसके एक चुम्बक में खराबी आ गई। इस चुम्बक की मरम्मत कराई गई जिसमें 4 करोड डॉलर का मरम्मत व्यय आया। इसके बाद मशीन ने पुनः काम करना शुरू किया।
- इस मशीन में अलग-अलग तरह के रियेक्टर लगे हैं जो विभिन्न उद्देश्यों के लिए बनाए गए हैं। और कणों को अलग-अलग करते हैं।
- अब तक इस प्रयोग में 10 अरब अमेरिकी डॉलर से अधिक का खर्च आ चुका है।
- 8000 से ज़्यादा वैज्ञानिक रात-दिन मेहनत करके इस महा प्रयोग में शामिल रहे।
- यह वैज्ञानिकों की अत्याधुनिक प्रयोगशाला है।
- इस प्रयोग से परोक्ष रूप से 111 देश जुड़े हुए हैं।
- इस परियोजना का नेतृत्व ब्रिटेन कर रहा है।

खोज प्रक्रिया

कहा जाता है कि ब्रह्माण्ड की उत्पत्ति लगभग 14 अरब वर्ष पहले हुए महा विस्फोट से हुई थी, और इस उत्पत्ति के लिए एक मूल कण ज़िम्मेदार था जो महा विस्फोट के बाद उत्पन्न हुआ था। अब चूंकि यह ज्ञात करना था कि महा विस्फोट के बाद कौन सा कण था जो ब्रह्माण्ड की उत्पत्ति के लिए ज़िम्मेदार था। अतः इसके लिए आवश्यक था कि 14 अरब वर्ष पहले की

गॉड पार्टिकल की तलाश प्रक्रिया

भौतिकशास्त्रियों ने संसार के सबसे शक्तिशाली पार्टिकल एक्सेलेरेटर का इस्तेमाल करके लंबे समय से तलाशे जा रहे हिग्स बोसोन के गॉड पार्टिकल का एक संकेत पा लिया।

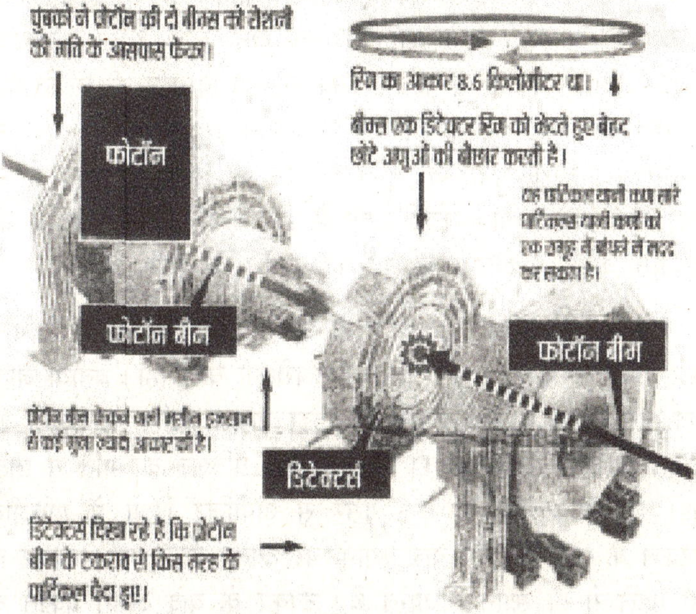

किस तरह दिखा हिग्स पार्टिकल?

जब प्रोटॉन पूरी तरह से खंडित हो गए तो छोटे-छोटे टुकड़ों से एक रास्ता बना। डिटेक्टर मैग्नेट ने अलग-अलग पार्टिकल्स की अलग-अलग तरीके की आड़ी-तिरछी रेखाएं बना दीं।

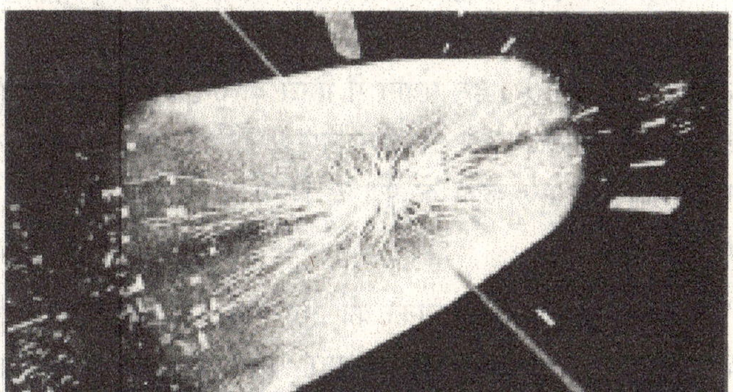

महा विस्फोट की स्थिति पैदा की जाए और उसी प्रकार का विस्फोट कराया जाए, ताकि पता लग सके कि उस महा विस्फोट के बाद जैसा कण पैदा हुआ था वह कण अब भी उसी प्रकार का विस्फोट कराकर पैदा किया जा सकता है या नहीं। इसी महा विस्फोट की कृत्रिम परिस्थिति पैदा करने के लिए 27 कि.मी. लम्बी और सुरंगनुमा बनी लार्ज हैड्रॉन कोलाइडर नामक मशीन के माध्यम से कृत्रिम तरीके से महा विस्फोट की स्थिति पैदा की गई। इस मशीन में आयनों की टक्कर से 10 खरब सेल्सियस का तापमान पैदा किया गया, जो सूरज के केन्द्र में मौजूद तापमान से भी लाखों गुना ज़्यादा था। वजह साफ है कि वैज्ञानिक उस स्थिति की पुनरावृत्ति चाहते थे जिसमें ब्रह्माण्ड की उत्पत्ति हुई होगी।

वैसे तो यह परीक्षण 2008 में ही शुरू हो गया था लेकिन विभिन्न प्रकार के अवरोधों का सामना करते हुए परीक्षण चालू रहा। बताया जाता है कि इस प्रयोग में लार्ज हैड्रान कोलाइडर नामक मशीन में प्रोट्रॉनों को विपरीत दिशाओं से प्रकाश की 99.9999991 प्रतिशत की गति से छोड़ा गया। इस उच्च गति पर एक दूसरे से अपोजिट दिशा में गतिशील पार्टिकल के पुंजों की रिंग वाले स्थानों पर टक्कर कराई गई। टक्कर के लिए पहले से ही स्थान निर्धारित थे। टक्कर के बाद अलग प्रकृति के पार्टिकल पाए गए। इस टक्कर से जो भारी ऊर्जा पैदा हुई उसी से हिग्स बोसोन नामक कण की उत्पत्ति हुईं बताया गया है कि हिग्स बोसोन का द्रव्यमान प्रोट्रॉन से 100 से 200 गुना ज़्यादा होता है और 1 सैकेण्ड के अरबवें समय में यह दूसरे कण में बदल जाता है या नष्ट हो जाता है। यह टिकाऊ नहीं होता है। इस प्रयोग में हिग्स बोसोन की उत्पत्ति के सबूत एल.एच.सी. में लगे डिटेक्टर से पाए गए। पार्टिकल का एहसास वहां टक्कर के बाद पैदा हुए कणों के पुंज से किया गया। यहाँ पर कणों की बौछार देखी गई।

वर्ष 2009 से हजारों वैज्ञानिकों की टीम दिन-रात इस प्रयोग में जुटी हुई थी। गॉड पार्टिकल की खोज का दावा करने से पहले इस प्रयोग में लगी, ATLAS और CMS की टीमों ने अपनी प्रारंभिक रिपोर्ट के नतीजों

को सबके सामने रखा। दोनों टीमों ने अपने नतीजे अलग-अलग तैयार किए थे। दोनों में से एक दूसरे को यह पता नहीं था कि अगली सुबह कौन सी टीम क्या घोषणा करने जा रही है। चूंकि दोनों टीमों के परिणामों में समानता पाई गई इसीलिए इन परिणामों की विश्वसनीयता और अधिक बढ़ गई। यद्यपि वैज्ञानिकों ने स्पष्ट रूप से नहीं कहा है कि खोजा गया नया कण हिग्स बोसान ही है, लेकिन सर्न ने इस खोज को सिगमा-5 की श्रेणी में रखा है। किसी खोज के सिग्मा-5 की श्रेणी में रखने का मतलब होता है कि सन्देह की कोई गुन्जाईस नहीं है अर्थात नये सूक्ष्म कण की खोज 99.999997 प्रतिशत सही है। लोगों का तो यहां तक कहना है कि अब हम 99.999997 फीसदी ईश्वर के करीब पहुंच गए हैं।

वैज्ञानिकों ने बताया है कि खोजे गए इस नए कण का भार 125.3 GeV है। इसमें 0-6 GeV की कमी या अधिकता हो सकती है। भार नापने की यह इकाई गीगा इलैक्ट्रॉन वोल्ट है।

इस खोज को वैज्ञानिकों ने चांद पर मानव के कदम रखने जैसा अभूतपूर्व कदम बताया है। विश्व के सबसे बड़े शोध केन्द्र के दलों में से एक सीएमएस के प्रमुख जोए इनकांडेला ने वैज्ञानिकों से खचाखच भरे सर्न के सभागार में बताया कि इस खोज के लिए ज़रूरी स्तर तक आंकड़े पहुंच गए हैं। वहीं एटलस की टीम ने भी इसी तथ्य का समर्थन किया है। सर्न की ओर से जारी बयान में कहा गया है कि नया सूक्ष्म कण शोध के लिए लगाए गए, लार्ज हैड्रान कोलाइडर के 125 और 126 GeV क्षेत्र में स्थित है। यह एक अभूतपूर्व क्षण है। हमने अब तक मिले सभी बोसोन कणों में से सबसे भारी बोसोन को खोज निकाला है। सर्न के शोध निदेशक सेर्गियो वर्तालकी ने कहा है कि हिग्स बोसोन के अस्तित्व की दिशा में प्रबल संकेत मिले हैं, और इसे एक चुनौती भरा काम बताया है। उन्होंने यह भी कहा कि हमने पिछले वर्ष ठान लिया था कि 2012 में या तो हम हिग्स बोसोन को खोज लेंगे अथवा हिग्स थ्योरी को ही खारिज कर देंगे। अब हम अपनी खोज के द्वारा एक अहम पड़ाव पर पहुंच गए हैं, और हमें उम्मीद है कि भविष्य में हमारी समझदारी में इजाफा होगा।

महा खोज में कब क्या हुआ?

- 1964 में पीटर हिग्स ने अपने अन्य 5 साथियों के साथ हिग्स बोसोन की थ्योरी प्रस्तुत की, जो सैद्धान्तिक रूप से तो उचित थी लेकिन उसके वैज्ञानिक परीक्षण की आवश्यकता महसूस की गई।
- 1980 में एक शक्तिशाली तीव्र गति से चलने वाली मशीन बनाने का विचार किया गया जिसमें उतनी ऊर्जा उत्पन्न करने और उसे सम्भालने की शक्ति हो जैसी कि महा विस्फोट के समय थी।
- 1996 में इस महा मशीन को निर्मित करने की स्वीकृति दे दी गई। इस मशीन का नाम लार्ज हैड्रान कोलाइडर रखा गया।
- 1998 में मशीन का निर्माण शुरू किया गया। मशीन की स्थापना के लिए स्विट्ज़रलैण्ड और फ्रांस की सीमा को चिन्हित किया गया।
- 2008 में मशीन प्रयोग के लिए तैयार हो गई। मशीन का ट्रायल किया गया, लेकिन कुछ समय बाद ही मशीन में तकनीकी खराबी आ गई जिसे बाद में मरम्मत करके ठीक किया गया।
- 2000 से पूर्व एकत्र किए गए आंकड़ों के आधार पर 2003-04 में लार्ज इलैक्ट्रॉन-पोजीट्रॉन कोलाइडर के माध्यम से प्राप्त आंकड़े प्रकाशित किए गए जिसमें हिग्स बोसोन 114.4 Gev के 95 प्रतिशत विश्वसनीयता स्तर के पाए गए।
- 2 जुलाई-2010 में सी.डी.एफ. द्वारा उपलब्ध कराए गए आंकड़ों से हिग्स बोसोन 158 से 175 Gev रेन्ज के पाए गए और विश्वसनीयता स्तर 95 प्रतिशत रहा।
- 24 जुलाई-2011 को LHC से हिग्स बोसोन के संकेत मिले। प्रारंभिक स्तर पर ATLAS द्वारा इनकी रेंज 155.199 GeV तथा CMS द्वारा 149.2.6 Gev बताई गई। विश्वसनीयता स्तर 95 प्रतिशत बताया गया।

- 27 जुलाई-2011 को CDF द्वारा प्रारंभिक स्तर पर हिग्स बोसोन की रेन्ज 156.177 Gev और विश्वसनीयता स्तर 95 प्रतिशत बताई गई।
- 18 नवम्बर-2011 को एटलस एवं सीएमएस ने संयुक्त रूप से हिग्स बोसोन की रेन्ज 114.141 Gev बताई।
- 13 दिसम्बर-2011 को एटलस एवं सीएमएस द्वारा पुनः घोषणा की गई कि हिग्स बोसोन मौजूद है और उनकी रेंज ATLAS ने 116.130 Gev तथा CMS ने 115.127 Gev बताई। विश्वसनीयता स्तर 95 प्रतिशत ही रहा।
- 7 फरवरी-2012 को आंकड़ों में सुधार हुआ और हिग्स बोसोन की उपस्थिति के साथ, ATLAS द्वारा इसकी रेंज 116.131 Gev तथा CMS द्वारा 115.127 Gev बताई गई।
- 4 जुलाई-2012 को CMS द्वारा हिग्स बोसोन को खोज लेने की घोषणा की गई और 4.9 सिग्मा स्तर पर इसका द्रव्यमान 125.3 ± 0.6 Gev बताया गया। साथ ही ATLAS ने भी इसी तरह की घोषणा की और हिग्स बोसोन का द्रव्यमान 126.5 Gev बताया।

इस प्रकार वैज्ञानिकों ने हिग्स सिद्धान्त और स्टैण्डर्ड मॉडल की विशेषताओं के आधार पर गॉड पार्टिकल को खोज लेने का दावा कर दिया।

क्या है डार्क मैटर?

भौतिक विज्ञानी रेवॉक्स का कहना है कि हिग्स बोसोन सामान्य द्रव्यों के बीच पुल का काम करता है जिससे अणु बनते हैं। इस अहम कण के कारण ब्रह्माण्ड का सबसे अहम और सम्भवतः सबसे भारी डार्क मैटर भी बनता है। वैज्ञानिकों का कहना है कि हमारा सौर मण्डल सूर्य के चारों ओर परिक्रमा कर रहे ग्रहों से बना है। सभी तारे मिलकर हमारे सौर मण्डल से कई गुना बड़ी आकार वाली आकाशगंगाओं का निर्माण करते हैं। हमारा

99.99997%
ईश्वर
के करीब

सूर्य किसी औसत आकार वाली आकाशगंगा के एक औसत तारे की तरह है। इस औसत आकार वाली आकाशगंगा को **मिल्की वे** कहते हैं। एक मिल्की वे लगभग 100 अरब तारों से मिलकर बना होता है। हर एक आकाशगंगा कई सघन तारों के झुण्ड में बंटी होती है। खगोलशास्त्री इसे आकाशगंगाओं का समूह कहते हैं। इस झुण्ड में आकाशगंगाओं और इनके मध्य एक अन्य पदार्थ भी होता है जो आकाशगंगाओं के झुण्ड को आपस में जोड़े रखता है। इन आकाशगंगाओं के बीच का स्थान अत्यन्त गर्म होता है जो गर्म गैसों से भरा रहता है। इसी गर्म गैस के वितरण और तापक्रम के अध्ययन के द्वारा इस बात का आकलन किया जाता है कि झुण्ड में मौजूद सभी पदार्थों द्वारा गुरुत्व बल से कितना दबाव बनाया गया है। इसी आधार पर वैज्ञानिक अन्तरिक्ष के उस हिस्से में कुल मैटर का आकलन कर लेते हैं। इन आकाशगांगाओं के झुण्ड का एक बड़े हिस्से वाला पदार्थ अदृश्य होता है। ब्रह्माण्ड की यह सबसे बड़ी अदृश्य संरचना गुरुत्व बल के द्वारा आपस में जुड़ी रहती है। वैज्ञानिकों का मानना है कि पूरे ब्रह्माण्ड का 96 प्रतिशत पदार्थ अदृश्य है। इसी अदृश्य पदार्थ को डार्क मैटर कहा जाता है। डार्क मैटर के इस सिद्धान्त का प्रतिपादन फ्रिज जीविकी नामक वैज्ञानिक ने किया था।

प्रोट्रॉन क्या है?

गॉड पार्टिकल की इस खोज में प्रोट्रॉन की महत्वपूर्ण भूमिका रही है। कहा जाता है कि प्रोट्रॉन अणु के नाभिक में मौजूद रहता है। यह पदार्थ की मूल इकाई है। प्रोट्रॉन सबसे छोटा कण है तथा तीन क्वार्क एक साथ ग्लुआन द्वारा बंधे रहते हैं। प्रोट्रॉन प्रकाश की गति के बराबर की तेजी से चल सकते हैं। प्रोट्रॉनों की आपसी टक्कर से उत्पन्न ऊर्जा से ही गॉड पार्टिकल की उत्पत्ति हुई है।

शर्त हारे हॉकिंग

जाने-माने भौतिक एवं ब्रह्माण्ड विज्ञानी स्टीफ़न हॉकिंग गॉड पार्टिकल की खोज के बाद अपनी शर्त हार गए। हॉकिग ने गॉड पार्टिकल की खोज का समाचार जानने के बाद कहा है कि वैज्ञानिक पीटर हिग्स गॉड पार्टिकल

सम्बन्धी खोज की इस असाधारणा सफलता के लिए नोबेल पुरस्कार के हकदार हो गए हैं। स्टीफ़न ने यह भी स्वीकार किया कि पीटर हिग्स द्वारा जो अवधारणा प्रस्तुत की गई थी आख़िरकार उसे ही सफलता मिली। स्टीफ़न हॉकिंग अब 100 डॉलर की अपनी शर्त हार गए। स्टीफ़न ने मिशिगन विश्वविद्यालय के गोर्डन केन के साथ इस बात की शर्त लगायी थी कि हिग्स बोसोन की खोज नहीं हो सकेगी। स्टीफ़न हॉकिंग स्वयं भी अन्तरिक्ष में रुचि रखने वाले महान वैज्ञानिक हैं। उन्होंने अपना काफी काम ब्रह्माण्ड के ऊपर कर रखा है। कहा जाता है कि सबसे पहले जब पीटर हिग्स ने बोसोन कण को लेकर अपनी थ्योरी पेश की थी तब उस समय के कई जाने-माने वैज्ञानिकों ने उनका उपहास उड़ाया था। उनके पहले शोध पत्र को जर्नल ने प्रकाशित करने से मना कर दिया था। कुछ वैज्ञानिकों ने तो पीटर हिग्स और उनके साथी वैज्ञानिकों पर, भौतिकी के सिद्धान्तों की समझ में नाकाम रहने का भी आरोप लगाया था। एक वैज्ञानिक ने तो हिग्स को चिढ़ाने के लिए हिग्स बोसोन को भगवान का कण कह दिया था। आज वही कण गॉड पार्टिकल के नाम से अमर हो गया।

2

कण-कण में भगवान

क्या कहते हैं लोग?

जेनेवा स्थित यूरोपियन आर्गनाइजेशन फॉर न्यूक्लियर रिसर्च (सर्न) ने हाल में ही गॉड पार्टिकल की खोज करके दुनिया को रोमांचित कर दिया है। हिग्स बोसोन को ही गॉड पार्टिकल कहा जाता है। खोजे गए इस कण को ईश्वरीय कण, ब्रह्म कण या दैव कणों आदि के नाम से पुकारा जा रहा है। इस खुशखबरी से सबसे ज़्यादा बल भारतीय सभ्यता को मिला है। इस खोज ने सदियों से चली आ रही इस भारतीय वैदिक मान्यता और दर्शन की पुष्टि की है कि **कण-कण** में भगवान व्याप्त है। भारतीय दर्शन युगों-युगों से कहता आ रहा है कि प्रकृति के कण-कण में भगवान विराजमान हैं। अब वैज्ञानिक खोज ने इसी भारतीय दर्शन को ही प्रमाणित किया है।

एक वर्ग ऐसा भी है जो भौतिकवादी है। इस वर्ग ने अपनी भोगवादी पद्धति में ईश्वर को बाधा समझकर उसे सर्वथा अस्वीकार करने की हठ बना ली। अपने पक्ष में तर्क व प्रमाण जुटाने के लिए ऐसे वर्ग ने विज्ञान की बैसाखी का सहारा लिया। वैसे देखा जाए तो ऐसे हठी लोगों के लिए विज्ञान की इस बैसाखी का सहारा तभी तक रहा जब तक वैज्ञानिकों का

मष्तिष्क एक प्रकार से शैशवकाल में अर्थात अपरिपक्व अवस्था में रहा। इस अपरिपक्वता के कारण ही यह भाव उत्पन्न हुआ कि प्रकृति स्वतः संचालित है। प्रकृति का न कोई सृजेता है और न कोई संचालक है। ऐसे वर्ग ने माना कि कर्त्ता के रूप में ईश्वर का नाम ज़बरदस्ती घुसेड़ा गया है, जबकि ईश्वर या भगवान या गॉड या अल्लाह नाम का कहीं कोई अस्तित्व नहीं है, न ही विश्व ब्रह्माण्ड से इनका कोई सम्बन्ध है।

पिछले वर्षों में विज्ञान के क्षेत्र में हुए शोधों से एक नवीन दृष्टिकोण उभर कर सामने आया है। इसमें पार्टिकल फिजिक्स में हाइजन वर्ग का 'अनिश्चितता का सिद्धान्त' बहुचर्चित हुआ। इस सिद्धान्त के अनुसार-एक ही समय में, एक ही तरह के कण, किस तरह का व्यवहार करेंगे, यह ज्ञात नहीं किया जा सकता है। अर्थात कणों के व्यवहार में अनिश्चितता पाई गई। माना गया कि किसी कण विशेष की गति या परिस्थिति के सम्बन्ध में कुछ भी कह पाना सम्भव नहीं है। केवल अनुमान लगाया जा सकता है। इस सम्बन्ध में वैज्ञानिकों में बेचैनी रही। कणों के व्यवहार का अध्ययन करने के लिए अनेकों प्रयोग किए गए और यह जानने का प्रयास किया गया कि किन परिस्थितियों में, कौन से कण, किस तरह का व्यवहार करते हैं। एक ही परिस्थिति में, एक ही प्रक्रिया से, एक ही तरह के कणों का हजारों बार अध्ययन किया गया, किन्तु वैज्ञानिक यह जानकर हैरान रह गए कि प्रत्येक बार हर कण का व्यवहार अनुमान से भिन्न रहा। इस आधार पर वैज्ञानिकों को यह घोषणा करनी पड़ी कि पदार्थ की जैसी परिभाषा दी गई है उस प्रकार का पदार्थ इस जगत में है ही नहीं। एक प्रकार से यह मान लिया गया कि पदार्थ मर गया है। इससे पहले कभी नास्तिकवादियों में अग्रणी रहे फ्रेड्रिक नीत्शे ने भी एक बार घोषणा की थी कि **'ईश्वर मर गया है।'** उसी प्रकार अब वैज्ञानिकों को यह घोषणा करनी पड़ रही है कि **"पदार्थ मर गया है।"**

विज्ञान वेत्ता मैक ब्राइट का कथन है कि संसार में परोक्ष रूप में कोई ऐसी परम सत्ता अवश्य है जो ज्ञानयुक्त होने के साथ-साथ इच्छायुक्त भी है और उसी सत्ता के अधीन संसार की गतिविधियां संचालित हो रही हैं। इसी प्रकार डॉ. मोर्डेल का भी मत है कि अणु और पदार्थ के सूक्ष्म कणों

के इस विचित्र व्यवहार से यही सिद्ध होता है कि कोई ऐसी चेतन शक्ति अवश्य है जिसके प्रभाव के कारण कणों का स्वभाव पकड़ में नहीं आ रहा है।

वैज्ञानिकों की पकड़ से दूर, इस शक्ति को ही ऋषियों द्वारा परम चेतना माना गया है। ऋषियों ने कहा है कि यह संसार उसी चेतना से उत्पन्न हुआ है। जड़ और चेतन की सम्पूर्ण सक्रियता का आधार वही परम शक्ति है, जो सृष्टि की प्रत्येक कलाकृति में ओत-प्रोत है। इसी शक्ति को परमात्मा, ईश्वर, भगवान, अल्लाह या गॉड आदि नामों से पुकारा जाता है। संसार में न तो कुछ परमात्मा से भिन्न है और न ही परमात्मा किसी से अलग है।

कहा जाता है कि पवन, अग्नि, जल और पृथ्वी इन चार व्यक्त एवं आकाश एक अव्यक्त, इन पांच महाभूतों से संसार की रचना हुई है। यद्यपि यह सभी पदार्थ अपने आप में जड़ एवं निर्जीव हैं लेकिन इनमें एक जीवन, एक सक्रियता और सजीवता दृष्टिगोचर होती है। इसी से ईश्वर की चेतना शक्ति की उपस्थिति का अन्दाजा लगाया जा सकता है। वायु की गतिशीलता, अग्नि का तेज, जल की तरलता और धरती में उर्वरता का गुण उसी परम सत्ता के कारण हैं। अन्यथा किसी जड़ या निर्जीव पदार्थ में सक्रियता की सम्भावना नहीं है। जब परमसत्ता अपने आपको इन पदार्थों से अलग कर लेती है तो इनमें सक्रियता का कोई प्रमाण नहीं रह जाता है। यदि देखा जाए तो सृष्टि के किसी भी पदार्थ में अपनी कोई शक्ति, कोई क्षमता या कोई गुण नहीं है। यह तो परमसत्ता का चमत्कार है कि इनमें सक्रियता दिखाई देती है।

जब कण-कण की बात चल रही है तो कणों के स्वभाव के सम्बन्ध में भी कुछ कहना होगा। इस संसार में जैसे देवता और असुर दोनों प्रकार के तत्त्वों का अस्तित्व है। अर्थात जहां मैटर है वहीं एण्टी मैटर भी होगा। ध्वनि की प्रतिध्वनि, काया की छाया, घात का प्रतिघात, आक्रमण का प्रति आक्रमण इसी बात के प्रमाण हैं। इन दोनों तत्त्वों के कारण ही इस संसार में हलचल, गति और प्रगति दिखाई देती है। हमारे जीवन में भी इस प्रकार के तत्त्व होते हैं। अन्तर केवल इतना होता है कि जहां हमारे बीच में देवत्व

और सज्जनता का सम्मान किया जाता है, वहीं इस बात का भी ध्यान रखा जाता है कि असुरता से अपना बचाव किया जाए। सत्पुरुषों की एक बड़ी विशेषता यह होती है कि वे अपने आदर्श और व्यवहार पर स्थित रहते हैं। कभी डिगते नहीं। कोई टकरा गया तो टूटते भी नहीं। और अपनी दिव्य सत्ता को अक्षुण रखते हैं तथा असुरों के सामने आत्म समपर्ण नहीं करते। हर परिस्थिति में अपना स्वाभिमान और स्वावलम्बन बनाए रखते हैं।

इसी देवत्व की तरह परमाणु की भी अपनी मूल सत्ता होती है। वह अपनी शाश्वत और सनातन विशेषता को नष्ट नहीं होने देते और अपनी सृजन की शक्ति में कोई कमी नहीं आने देते। वे इकट्ठे होते हैं, आपस में जुड़ते हैं और आपस में मिल-जुल कर रहते हैं। उनकी यह संगठन की शक्ति और सृजन की भावना ही विभिन्न पदार्थों का निर्माण करती है। किसी विशाल भवन के नींव के पत्थरों की भांति अदृश्य और अविख्यात रह कर अथक रूप से वे रचना सम्बन्धी कार्य में लगे रहते हैं। इस सुन्दर संसार में जो भी विशालता दिख रही है वह इन छोटे परमाणुओं के क्रिया-कलापों का ही परिणाम है। इन परमाणुओं को यदि धरती का सृजनकर्त्ता, पोषक और परिवर्तनकारी के रूप में भगवान, ईश्वर, अल्लाह, वाहे गुरु या गॉड कहा जाए तो कोई अतिश्योक्ति न होगी।

ऐसी बात नहीं है कि छोटे परमाणु पूर्ण रूप से एकाकी हैं। इनके भीतर और भी छोटा परिवार है और इनमें भले-बुरे दोनों तरह के तत्त्व होते हैं। इन्हें ही विज्ञान की भाषा में इलैक्ट्रॉन और प्रोट्रॉन कहा जाता है। परमाणु विद्या के विशेषज्ञों के अनुसार अब तक 20 की संख्या में मूल कणों की खोज की जा चुकी है, जिन्हें इस विश्व रचना में ईंट कहा जा सकता है। जैसे देवताओं के साथ असुर मौजूद रहते हैं, उसी प्रकार कहा जाता है कि इस दैवी अणु शक्ति में एक प्रतिरोधी असुर तत्त्व भी मौजूद रहता है। समय-समय पर यही विरोधी तत्त्व अपना रंग दिखाता हैं और अन्ततः विनाश को प्राप्त होते हैं। इस संसार में शायद असुरों के अस्तित्व की जानकारी देने के लिए ही यह प्रतिकण मौजूद हैं। परमाणु के इन प्रतिकणों की संख्या भी अपने मूल कणों के बराबर है। जैसे इलैक्ट्रॉन का प्रतिकण पोजीट्रॉन है, प्रोटॉन का प्रतिकण एन्टी प्रोट्रॉन, न्यूट्रॉन का एन्टी न्यूट्रॉन,

न्यूट्रॉनों का एन्टी न्यूट्रॉनों तथा मेसान का विरोधी मेसान कण होता है। यह सभी प्रतिकण अल्पजीवी होते हैं। जब कभी दो समान और विपरीत प्रकृति वाले कण आपस में टकराते हैं तब भयंकर विस्फोट होता है और बड़ी मात्रा में ऊर्जा निकलती है। अभी तक यह रहस्य बरकरार है कि यह विरोधी प्रकृति के कण आते कहां से हैं तथा क्यों अवरोध उत्पन्न करते हैं? अभी इस प्रकार की खोज जारी है।

इस सम्बन्ध में कुछ लोगों का मानना है कि इस ब्रह्माण्ड में शायद कोई ऐसा विश्व भी है जिसे सर्वथा विपरीत प्रतिविश्व कहा जा सकता है। उस विश्व की रचना इन विरोधी प्रतिकणों के द्वारा ही हुई होगी। वहां सब कुछ उल्टा ही होता होगा। उस लोक का सारा पदार्थ एण्टी मैटर से बना होगा। पदार्थ के परमाणु नाभिक एण्टी प्रोट्रॉन और एण्टी-न्यूट्रॉन के बने होंगे। उन प्रति नाभिकों के इर्द-गिर्द इलैक्ट्रॉन के स्थान पर पोजीट्रॉन भ्रमण कर रहे होंगे। लोग कहते हैं यदा-कदा स्वाभाविक व अस्वाभाविक प्रक्रिया के कारण यह कण प्रति परमाणु से छिटककर निकल पड़ते होंगे और इनका प्रवाह धरती पर हो जाता होगा। यह प्रतिविश्व कहां पर है अभी तक ढूंढा नहीं जा सका। यह केवल कल्पना मात्र है।

कण-कण में भगवान के सम्बन्ध में लोगों की क्या राय है, यह जानने का प्रयास किया गया। कुछ लोगों के विचार यहां प्रस्तुत हैं :-

सनातन मान्यता को मिला वैज्ञानिक आधार

परमाणु वैज्ञानिक प्रो. यशपाल का कहना है कि भारतीय दर्शन में 'कण-कण में ब्रह्म' की मान्यता सनातन काल से चली आ रही है लेकिन अभी तक इस बात की कोई वैज्ञानिक पुष्टि नहीं हो सकी थी। अब गॉड पार्टिकल की खोज के बाद विज्ञान के इस मूल सवाल के साथ ही भारतीय दर्शन की यह रहस्यमयी गुत्थी भी सुलझती नज़र आ रही है। कहा जाता है कि महा विस्फोट के बाद ब्रह्माण्ड का निर्माण हुआ। इस दौरान एक ही तत्त्व का रंग या प्रभाव बाकी सभी तत्त्वों पर चढ़ गया। यह और कुछ नहीं, सम्भवतः यह सूक्ष्म बोसोन कण ही थे। इन्हीं बोसोन कणों के कारण सभी

कणों में भार उत्पन्न हुआ जो परस्पर क्रिया-प्रतिक्रिया के बाद विभिन्न रूप में अस्तित्व में आए। यदि दर्शन की भाषा में पढ़ा जाए तो वहां लिखा मिलता है कि एक ईश्वरीय कण ही संसार की विभिन्न चीज़ों में तब्दील हुआ। यही ईश्वरीय कण संसार का आदि निर्माता या मूल तत्त्व है। यदि बोसोन कणों की वास्तव में खोज कर ली गई है तो शायद अब तक की सबसे बड़ी गुत्थी सुलझने की ओर है। इस खोज से विज्ञान के कई अंगों के साथ-साथ दर्शन का भी समाधान हो जाएगा। इस खोज का असली लाभ यह होगा कि अभी तक ब्रह्माण्ड का 96% हिस्सा ऐसा है जिसे हम डार्क मैटर कहते हैं, को समझने में मदद मिलेगी तथा ब्रह्माण्ड के और रहस्यों से भी पर्दा उठ सकेगा। यह एक ऐसी खोज है जिससे आने वाले समय में विज्ञान, ब्रह्माण्ड, दर्शन और मानव जीवन के बारे में हमारी मूल धारणाओं में काफी बदलाव आएगा।

विज्ञान नहीं परमात्मा है सर्वोपरि

स्वामी सत्य मित्रानन्द गिरी महाराज का कहना है कि विज्ञान के चमत्कार को नमस्कार तो है परन्तु वह सर्वोपरि नहीं है। परमात्मा हमेशा परमात्मा ही रहेगा। आख़िरकार वैज्ञानिकों के पास इस प्रकार की खोजें करने के लिए बुद्धि कहां से आती है। जबकि भगवान कहते हैं कि संसार के सभी गुणी लोगों को बुद्धि वही देते हैं। जब तक आज के वैज्ञानिक बुद्धि बनाने को लेकर कोई नया आविष्कार नहीं कर लेते तब तक उन्हें परमात्मा को मानना ही होगा और उसके अधीन ही रहना होगा।

ऋषियों की बात की वैज्ञानिकों ने पुष्टि की

योग गुरु बाबा रामदेव महाराज का कहना है कि वैज्ञानिकों ने हमारे ऋषियों द्वारा बहुत पहले बताई गई बातों की ही पुष्टि की है। अब तक हम आध्यात्मिक आधार पर ही कहते रहे हैं कि कण-कण में भगवान है, लेकिन अब भौतिक प्रमाण भी मिल गया हैं। जो सूक्ष्म हैं वही ब्रह्म है। वैदिक सनातन परम्परा में इसका उल्लेख है। हमारे धर्मशास्त्रों में, अणु, परमाणु और उससे भी छोटे कणों की व्याख्या की गई है। आज की खोज कोई नई बात नहीं है।

21वीं सदी की बड़ी खोज

डॉ. प्रणव पड्या का कहना है कि गॉड पार्टिकल 21वीं सदी की सबसे बड़ी खोज है। इस समय विज्ञान व अध्यात्म नजदीक आ रहे हैं। इससे आम आदमी को लाभ होगा। इससे हमें प्रकृति को समझने का और बेहतर मौका मिलेगा। भगवान और विज्ञान, दोनों का निकट आना ही हमारे लिए वास्तव में सुखद होगा। आने वाले समय में मानव जीवन की बेहतरी के लिए काम होते रहेंगे। यही हम सभी की आशा है।

आसान होगी जिन्दगी

गॉड पार्टिकल खोज टीम की सदस्य सुचन्दा दत्ता का कहना है कि दुनिया भर के वैज्ञानिक पिछले चार दशकों से हिग्स बोसोन के अस्तित्व को प्रमाणित करने में लगे हुए थे, लेकिन अब जाकर कामयाबी मिली है। इस खोज से लोगों की उत्सुकता जागी है। लोग जानने की कोशिश कर रहे हैं कि आम लोगों को इससे क्या फायदा होगा? हमारा मानना है कि गॉड पार्टिकल से दुनिया में बड़ा बदलाव होगा जो हमारे जीवन में बड़ा फर्क पैदा कर देगा। दैनिक जीवन में तो कम असर पड़ने की सम्भावना है, लेकिन अप्रत्यक्ष रूप से यह बड़ा ही मददगार साबित होगा। हिग्स बोसोन का इस्तेमाल एक नई तकनीक के रूप में किया जा सकेगा।

अलग अस्तित्व रहेगा

प्रो. मुहम्मद नईमद्दीन का कहना है कि हिग्स बोसोन एक ऐसा आधारभूत कण है जो दृष्टि से सूक्ष्म है लेकिन सबसे बड़ी संरचना के अस्तित्व के लिए ज़िम्मेदार है। इन्हीं कणों से ब्रह्माण्ड का निर्माण हुआ। प्रयोगशाला में इस कण के देखे जाने के बाद इसकी तुलना ईश्वरीय कण (धर्म) से की जाने लगी। कुछ लोग इसे विज्ञान की जीत के रूप में देख रहे हैं, दूसरी ओर कुछ लोग इसे धर्म की विजय बता रहे हैं। कुछ लोग यह भी कह रहे हैं कि कुछ भी नया नहीं हुआ है क्योंकि प्राचीन धर्म पहले से ही मानते आ रहे हैं कि कण-कण में भगवान है। यह खोज तो पुरानी मान्यता की पुष्टि भर है।

उनका कहना है कि एक वैज्ञानिक होने के नाते मैं कह सकता हूँ कि

हिग्स बोसोन की किसी धार्मिक विचार या धर्म से तुलना करना ठीक नहीं है, क्योंकि हिग्स बोसोन कण की खोज न तो भगवान के अस्तित्व को खारिज करती है और न ही उसका समर्थन करती है। यह बात सही है कि ईश्वर के गुणों और हिग्स बोसोन के गुणों के बीच समानता पाई जाती है, लेकिन इससे हमें भ्रमित नहीं होना चाहिए। हमें विज्ञान और अध्यात्म का घाल-मेल नहीं करना चाहिए। प्राचीन मान्यता है कि कण-कण में भगवान व्याप्त है। यही बात तो हिग्स फील्ड के बारे में कही जा रही है। क्योंकि वैज्ञानिकों को विश्वास है कि सम्पूर्ण ब्रह्माण्ड में हिग्स फील्ड व्याप्त है। जिस प्रकार भगवान अपने कई रूपों में अवतरित होते हैं उसी प्रकार हिग्स फील्ड का अवतार हिग्स बोसोन हैं। यद्यपि इस तरह की कई समानताएं हैं लेकिन इन सबके बावजूद हिग्स बोसोन न तो धार्मिक मान्यता का खण्डन करता है और न ही उसका समर्थन करता है। यदि हिग्स बोसोन का अस्तित्व नहीं भी होता तब भी कण-कण में भगवान की बात का विश्वास बना रहता है। हिग्स बोसोन तो कई आधारभूत कणों में से ही एक कण है। अन्य कणों की तुलना में इसका महत्त्व इसलिए अधिक है क्योंकि यह कण और इससे जुड़ा फील्ड अन्य सभी कणों को भार प्रदान करता है, जिसके चलते ही ब्रह्माण्ड का अस्तित्व सम्भव हो सका है। इसी प्रकार इलेक्ट्रॉन, प्रोट्रॉन आदि भी हिग्स बोसोन की तरह ही महत्वपूर्ण हैं। क्योंकि इनके अभाव में जीवन और अन्य सरंचनाएं सम्भव नहीं हो पातीं। इस प्रकार स्पष्ट हो जाता है कि हिग्स बोसोन और कण-कण में व्याप्त भगवान की मान्यता दोनों का अपना-अपना अलग अस्तित्व है। दोनों की तुलना करने की आवश्यकता नहीं है। आज यदि यह मान भी लिया जाए कि हिग्स बोसोन ही जीवन और सभी संरचनाओं की उत्पत्ति के लिए ज़िम्मेदार है तो प्रश्न यह भी खड़ा होता है कि हिग्स बोसोन को किसने बनाया?

अभी हिग्स बोसोन का पूरा आकलन हो रहा है

गॉड पार्टिकल को खोजने वाली टीम में शामिल, और सर्न में काम कर रही भारतीय वैज्ञानिक अर्चना शर्मा का कहना है कि हिग्स बोसोन का अभी पूरा आकलन बाकी है। अभी यह खोज प्रारम्भिक अवस्था में है। एक

बात-चीत में जब उनसे पूछा गया कि आप चूंकि इस परीक्षण से पूरी तरह से जुड़ी हैं और आप सर्न की स्टाफ भी हैं। अतः प्रयोग की जानकारी देने के समय का नजारा कैसा था? इस पर उन्होंने बताया कि सम्मेलन हाल का नजारा अविश्वसनीय था। उस समय के माहौल को शब्दों में नहीं उतारा जा सकता। सभी स्टाफ के सदस्यों, पत्रकारों और वैज्ञानिकों के बैठने के लिए व्यवस्था थी लेकिन लगभग 300 अनारक्षित सीटों के लिए लोग रात भर लाईन में लगे रहे। सारा माहौल चकाचौंध करने वाला था। मीडिया के सवालों के जवाब, कैमरों की फ्लैश, सभी की सब कुछ जान लेने की जल्दी, वैज्ञानिकों की जिज्ञासा, सब कुछ ऐसा था जैसा कि भौतिकी की दुनिया में कभी हुआ ही नहीं था। जैसे ही हिग्स बोसोन के संकेत मिले, सभी वैज्ञानिक उछल पड़े और बधाईयों का दौर शुरू हो गया।

जब उनसे पूछा गया कि इतनी बड़ी खोज को अभी प्रारम्भिक ही क्यों कहा जा रहा है? इस पर उन्होंने कहा कि पिछले 50 वर्षों में यह विज्ञान के क्षेत्र में सबसे बड़ी उपलब्धि है लेकिन विज्ञान का यहीं अन्त नहीं हो जाता। विज्ञान में कुछ भी अन्तिम नहीं होता। हर खोज आगे का रास्ता खोजती हैं जो हमारी समझ की सीमाओं को बढ़ाती है। देखें, कापरनिक्स, गैलीलियो, न्यूटन, आईंस्टीन आदि वैज्ञानिकों ने जो सिद्धान्त दिए उनसे आगे का रास्ता खुला। इसी तरह इस खोज से भी आगे का रास्ता खुलेगा।

जब उनसे पूछा गया कि सर्न के इस प्रयोग ने क्या साबित किया है। इस पर उन्होंने बताया कि इस प्रयोग से हर वस्तु को वजन देने वाले कण का पता चला है। लम्बे समय से वैज्ञानिक ब्रह्माण्ड की उत्पत्ति का रहस्य ढूंढ़ने का प्रयास कर रहे थे। इसी कड़ी में सबसे छोटे कणों की खोज शुरु हुई। तलाश की इस प्रक्रिया में ही हमने महा विस्फोट के बाद, ऊर्जा को घनत्व में बदलने वाले इस तत्त्व की खोज की है। यह कण सभी को वजन देता है और इसके होने के कारण ही अन्य कणों का अस्तित्व है। उन्होंने यह भी बताया कि लार्ज हैड्रान कोलाइडर, बोसोन की दुनिया का सबसे ताकतवर साइक्लोट्रॉन है। इसमें प्रोट्रॉन को आपस में एक दूसरे से टकराया गया। प्रोट्रॉन के इसी टकराव से बोसोन कणों के अस्तित्व की

झलक मिली। बेहद तेज ऊर्जा की स्थिति में पैदा होने वाले इस कण का वजूद केवल क्षणिक होता है। नैनो सेकेण्ड से भी बेहद छोटे हिस्से में इसके अस्तित्व को रिकार्ड किया गया। जब पूछा गया कि क्या दुनिया के अस्तित्व का आधार खोज लिया गया है? इस पर उन्होंने बताया कि अभी इस अवस्था में सीधे तौर पर कुछ भी कहना मुश्किल है, लेकिन इस प्रयोग ने ब्रह्माण्ड की उत्पत्ति और उसके अस्तित्व को लेकर अब तक की वैज्ञानिक समझ की दिशा को सही सिद्ध कर दिया है। आगे भी खोज जारी रहेगी।

यह हो नहीं सकता

माधवाश्रम जी महाराज़ जगदगुरु शंकराचार्य कहते हैं कि हिग्स बोसोन सम्बन्धी खोज में कुछ भी नया नहीं है। ब्रह्माण्ड की उत्पत्ति ईश्वर की इच्छा से हुई है। **'एक ओम बहुश्यामा'** अर्थात एक ईश्वर की अनेक इच्छाओं से ब्रह्माण्ड की उत्पत्ति हुई। ईश्वर की इस इच्छा में पंचमहाभूतों ने उसकी मदद की। ईश्वर ने आकाश तत्त्व, जल तत्त्व, तेज तत्त्व, वायु तत्त्व और पृथ्वी तत्त्व को मिलाकर ब्रह्माण्ड की रचना की है। सृष्टि अनादि है और विज्ञान सदियों से सृष्टि का रहस्य जानने का प्रयास कर रहा है, लेकिन ईश्वर की सृष्टि रचना की गूढ़ता समझना इन मशीनों के बस की बात नहीं है।

विश्वास नहीं है

दारुल उलूम देवबन्द के मौलाना अब्दुल खालिक मद्रासी का कहना है कि पता नहीं खोजकर्त्ता किस आधार पर कुदरत का पता लगा लेने का दावा कर रहे हैं। कुदरत का तो कोई आकार ही नहीं है वह तो एक नूर (प्रकाश) है, और उस नूर को देख लेने की बिसात इन्सान में नहीं है। जो लोग दावा कर रहे हैं कि उन्होंने ऐसा कण खोज लिया है, उनके कह देने भर से कुदरत का राज नहीं खुल जाएगा। क्या वैज्ञानिक चांद का रास्ता बदल सकते हैं? क्या सूरज की तपिश को कम कर सकते हैं? मुसलमान का ईमान कुरान पर है और कुरान ने 14 सौ साल पहले दुनिया में घटित होने वाली हर चीज़ का ऐलान कर रखा है।

विचार मेल नहीं खाते

फादर रेवर्न डॉ. पीटर बलदेव का कहना है कि मैं नहीं जानता कि वैज्ञानिक लोग कैसे ब्रह्माण्ड के रहस्यों से पर्दा उठा रहे हैं। लेकिन बाईबिल में साफ लिखा है कि आदि काल में परमेश्वर ने धरती और आकाश की सृष्टि की। उस समय जल की सतह पर अंधेरा था। परमेश्वर की आत्मा का साया जल की सतह पर मंडरा रहा था। तब परमेश्वर ने कहा, उजाला हो, और उजाला हो गया। अंधेरे और उजाले को अलग-अलग करने के लिए ही दिन और रात बनाए गए। आकाश और जल के बीच अन्तर करने के लिए जल को अलग किया गया। इसके बाद वनस्पतियों का निर्माण हुआ। इस काम में परमेश्वर को 5 दिन का समय लगा। छठे दिन जीव-जन्तु और इंसान को बनाया गया, और सातवां दिन विश्राम के लिए रखा गया।

केवल भ्रम है

दरबार साहिब अमृतसर के हरभजन सिंह का दावा है कि ब्रह्माण्ड पर जो भी चर्चा चल रही है उसे हम बेबुनियाद मानते हैं, जो लोग भी इसके पीछे काम कर रहे हैं वे भ्रम पैदा कर रहे हैं। हमारी वाणी कहती है कि इस सृष्टि में जो कुछ भी दिखाई दे रहा है, वह उस परमात्मा ने बनाया है जिसे कोई देख नहीं सकता। वह एक शक्ति है उसे केवल महसूस किया जा सकता है। उसका न कोई आकार है, न कोई रूप है। उस शक्ति का नाम है एक ओमकार। यह ओमकार केवल गुरु ग्रन्थ साहिब में ही नहीं है, वरन हिन्दू संस्कृति का भी आधार है। एक ओमकार को चुनौती नहीं दी जा सकती है।

यकीनड नहीं होता

प्रोफेसर जैनुस साजदीन का कहना है कि कुदरत का अपना काम है। कुदरत ने आसमान, चांद-तारे बनाए। यह कैसे और क्यों बनाए? इसकी खोज-बीन वैज्ञानिक लोग करते रहे हैं। यह इन्सानी जेहन और फितरत का काम है। फैक्ट तो फैक्ट है। वैज्ञानिकों का चाहे जो नजरिया हो। एक वैज्ञानिक कुछ दावा करता है तो दूसरा कोई और दावा करता है। कुदरत का पता लगा लेने का दावा यकीन करने योग्य नहीं है।

अभी उस एक की खोज बाकी है

विज्ञान मामलों के विशेषज्ञ शुखदेव प्रसाद कहते हैं कि यह ब्रह्माण्ड रहस्यमय है और उससे भी अधिक रहस्यमय है, इसके निर्माण की कहानी। सृष्टि के आरम्भ में इस महाआकाश में जो कुछ भी गोचर-अगोचर था, वह सारा का सारा द्रव्य एक मटर के दाने जैसा अति सघन पिण्ड में समाहित था। जिसमें 14 अरब वर्ष पहले महा विस्फोट हुआ और उसी के बाद ब्रह्माण्ड का निर्माण हुआ। यद्यपि कई बातें स्पष्ट हो चुकी हैं लेकिन अभी भी कई सवालों का जवाब बाकी है। जैसे उस महा विस्फोट के पहले पल के बाद क्या हुआ? ग्रह नक्षत्र, तारों और मन्दाकिनियों का निर्माण कैसे हुआ? अब प्रयोगों के बाद गॉड पार्टिकल के खोज लेने का दावा किया जा रहा है। इस कण के सम्बन्ध में वैज्ञानिकों का दावा है कि आरम्भिक द्रव्य इसी के कारण इस लायक हो सका है, जिसके कारण ब्रह्माण्ड की रचना हुई। ईश्वरीय कणों के सम्बन्ध में वैज्ञानिकों का कहना है कि हमने इन कणों को खोज तो लिया है, परन्तु अभी प्रयोग के आरम्भिक स्तर पर हम उनकी मौजूदगी का कोई ठोस प्रमाण नहीं दे सकते। अभी भी निश्चित रूप से यह नहीं कहा जा सकता है कि खोजा गया नया कण, गॉड पार्टिकल ही है लेकिन इतना ज़रूर है कि वह उसके सम रूप अवश्य है।

फिर भी मूल प्रश्न ज्यों का त्यों रह जाता है। यदि ईश्वरीय कणों से हम रू-ब-रू हो भी जाते हैं, तो यह जानना तो शेष ही रहेगा कि इन कणों का निर्माण किसने किया? और इस संसार का संचालनकर्त्ता कौन है? जैसा कि भारतीय ग्रन्थ गीता में श्रीकृष्ण ने कहा था कि **'एको अहम द्वितीयोनास्ति'** तो अभी भी उस **एक** की खोज बाकी है।

कुछ अन्य लोगों के विचार

इसाईयों के धर्मगुरु जेसू अमेरथम कहते हैं कि यह वैज्ञानिक वह चीज़ दिखा रहे हैं, जो इन्होंने विज्ञान से पाया है। उनको अपनी सफलता का प्रदर्शन करने का हक है, लेकिन ईश्वर का कण किसी को नहीं मिला। उनका कहना है कि पहले ईश्वर के कण की परिभाषा तो तय हो जाए,

मिलना तो दूर की बात है

रणजीत सिंह जस्सल का कहना है कि गुरु नानक देव जी ने कहा है कि "कई आकाश, कई पाताल, कई चांद-सूरज।" कण-कण में वह शक्ति विद्यमान है जिसने संसार की रचना की है।

वैज्ञानिकों की अपनी धारणा है लेकिन गुरुवाणी में लिखा है, "घट-घट है हर जू बसे।" यानी हर कण में ईश्वर है।

पण्डित शिवाकान्त का कहना है कि ब्रह्माण्ड का निर्माण तो ब्रह्मा जी ने किया है। इसका भेद जाना तो जा सकता है लेकिन वैज्ञानिकों के द्वारा नहीं। उसका भेद तो ऋषि, तपस्वी और योगी ही जान सकते हैं और वह भी कई-कई जन्मों की तपस्या के बाद। इसके लिए कई जन्म गुज़र जाते हैं। यह अन्दर का ज्ञान है। यह सृष्टि के कार्य में भ्रम पैदा करने की कोशिश की जा रही है। जो लोग इसके लिए जिज्ञासु हो रहे हैं, उन्हें अन्दर की आवाज को सुनना चाहिए।

इस प्रकार देखा जाए तो लोगों के अपने-अपने विचार हैं। कुछ लोगों को भगवान पर इतनी गाढ़ी श्रद्धा है कि वे भगवान के विरुद्ध या भगवान से बराबरी करने के सम्बन्ध में कुछ सुनना ही नहीं चाहते।

दूसरी ओर कुछ लोग ऐसे भी हैं, जो सन्तुलित हैं और वे दोनों पक्षों में सन्तुलन बैठाने की कोशिश कर रहे हैं। यह तो सत्य है कि ईश्वर की सत्ता को चुनौती नहीं दी जा सकती है लेकिन यदि आम जनता की भलाई के लिए कुछ हो रहा है तो हमें केवल विरोध के लिए ही उसका विरोध नहीं करना चाहिए।

3

कण बनाम ब्रह्म

जेनेवा स्थित सर्न द्वारा की गई गॉड पार्टिकल (हिग्स बोसोन) की खोज से इस विषय में रूचि रखने वालों की दुनिया रोमांचित है। इसी कण को ईश्वर का कण, ब्रह्म कण या देव कण आदि नामों से पुकारा जा रहा है। गॉड पार्टिकल की खोज की खुशखबरी से जिस सभ्यता को सबसे ज़्यादा आनन्दपूर्ण गौरव महसूस होना चाहिए, वह सभ्यता है, भारतीय सभ्यता। इस खोज से सदियों से चली आ रही भारतीय वैदिक मान्यता और दर्शन की वैज्ञानिक पुष्टि ही हुई है। **अहम ब्रह्मास्मि** यानी मैं ब्रह्म हूं।' यह भारतीय विचारधारा बताती है कि कण-कण में भगवान विराजमान हैं।

कहा जाता रहा है कि लगभग 14 अरब वर्ष पहले हुए महा विस्फोट के बाद, इन्हीं कणों अर्थात गॉड पार्टिकल के माध्यम से ब्रह्माण्ड की रचना हुई। भारतीय दर्शन में भी ऐसे ही ब्रह्म कण का उल्लेख मिलता है। ब्रह्माण्ड का जो भी स्वरूप है, वही ब्रह्म का रूप है। इसे शरीर भी कहा गया है। कहा जाता है कि वह अनादि है अनन्त है। जैसे प्राण का शरीर में निवास है वैसे ही ब्रह्म का अपने शरीर अर्थात ब्रह्माण्ड में निवास है। वह कण-कण में व्याप्त है। अक्षप है। अविनाशी है। अगम है। अगोचर है। शाश्वत है। ऐसी स्थिति में, गॉड पार्टिकल की खोज द्वारा भारतीय दर्शन को वैज्ञानिक मान्यता मिलने से इसकी और भी श्रेष्ठता सिद्ध हो जाती है।

इस सम्बन्ध में सनातन धर्म कहता है कि ऋग्वेद के अनुसार सृष्टि से पहले सत् नहीं था। असत भी नहीं था। अन्तरिक्ष भी नहीं था। और आकाश भी नहीं था। किसी को पता नहीं था कि कहां क्या छिपा हुआ है, बस एक बिन्दु था। इसके आगे का रहस्य खोलते हुए ऋग्वेद और स्पष्ट करता है कि ब्रह्म स्वयं में प्रकाश है और उसी से ब्रह्माण्ड प्रकाशित है। उस एक परमतत्त्व ब्रह्म से ही आत्मा और ब्रह्माण्ड का उदय हुआ है। ब्रह्म और आत्मा में बस इतना फर्क है कि ब्रह्म महा आकाश है तो आत्मा घटाकाश है। उपनिषद में तो यहाँ तक उल्लेख है कि ब्रह्म, ब्रह्माण्ड और आत्मा यही तीन तत्त्व हैं। कहते हैं कि ब्रह्म शब्द ब्रह धातु से बना है जिसका शाब्दिक अर्थ बढ़ना या फूट पड़ना होता है। इस प्रकार स्पष्ट है कि ब्रह्म वह है जिसमें से सम्पूर्ण सृष्टि और आत्माओं की उत्पत्ति हुई है, अर्थात यह सब फूट पड़े हैं। यह भी कहा जाता है कि सृष्टि की उत्पत्ति, स्थिति और विनाश का कारण ब्रह्म ही है। जेनेवा के महा प्रयोग में वैज्ञानिकों ने द्रव्य और द्रव्यमान के लिए इसी गॉड पार्टिकल को ज़िम्मेदार ठहराया है। इसी प्रकार तैतरीय उपनिषद में भी कहा गया है कि पदार्थ का संगठित रूप जड़ है, और विघटित रूप परम अणु है। वेदों में इसी अणु को परम तत्त्व कहा गया है। उपनिषद में आगे फिर कहा गया है कि आकाश के बाद वायु, वायु के बाद अग्नि, अग्नि के पश्चात जल, जल के बाद पृथ्वी, पृथ्वी से औषधि, औषधियों से अन्न, अन्न से वीर्य, और वीर्य से जीव अर्थात शरीर उत्पन्न होता है।

अनन्त कथा में प्रकाश की एक और कड़ी जुड़ी

प्रकाश को सभी धर्मों में दिव्य माना गया है और उसी प्रकाश में वैज्ञानिकों ने हिग्स बोसोन जैसे कण भी खोजे हैं। भारतीय दर्शन के अनुसार ईश्वरीय अवधारणा में तीन तत्त्व बताए जाते हैं, अकार, उकार और मकार। सत्य, रज और तप। यही तीनों तत्त्व ईश्वर और जीव के बीच में बंटवारे का कारण बनते हैं।

गहराई से देखा जाए तो दो चीज़ों की समानता सभी धर्मों में पाई जाती है। एक तत्त्व और दूसरा प्रकाश। तत्त्व से आशय सूक्ष्म से सूक्ष्म और विराट से, विराट से है। इसी में समस्त तत्त्वों और जीवों का समावेश

है। इसी प्रकार ईश्वरीय अवधारणा में प्रकाश का भी अपना स्थान है और गॉड पार्टिकल की पटकथा भी प्रकाश पर ही आधारित है। वैज्ञानिकों का दावा है कि प्रयोग में बोसोन के चमकते हुए अंश सामने आए हैं लेकिन उनको पकड़ना सम्भव नहीं था। बस यहीं से असंख्य सवाल उठने शुरू हो जाते हैं जैसे हम कहां से आए हैं? हमें किसने बनाया है? हमारे शरीर की चमड़ी और अन्दर के अवयव कहां से आए हैं? आदि। इन सवालों का जवाब अभी भी अंधेरे में है।

जहां शून्य है वहां ब्रह्म है। जो अदृश्य है वह ईश्वर है। जहां प्रकाश और कण है, वहां ज्ञान और विज्ञान है। जो इनसे परे है वह परंब्रह्म है। हिन्दू धर्म तो एक कदम आगे बढ़कर कहता है कि प्रकृति को ही भगवान मानो। सूर्य, चन्द्रमा को अर्ध्य दो। वृक्षों की पूजा करो। चन्द्रमा को देखकर ही रोजे और ईद मनाए जाते हैं। देवी-देवता सब प्रकाश का रूप माने गए हैं। इस्लाम धर्म भी प्रकाश को मान्यता देता है। इस्लाम को मानने वाले कहते हैं कि पहले दुनिया या कायनात नाम की कोई चीज़ नहीं थी, सिर्फ अल्लाह की जात थी, जिसे महसूस तो किया जा सकता है, लेकिन देखा नहीं जा सकता। उसी के हुक्म से एक रोशनी नुमा नूर आया जिसे कण नाम दिया गया। इसके बाद फिजा में एक तहरीक पैदा हुई और पानी इस तरह से चक्कर लगाने लगा जैसे कुम्हार की चाक चक्कर लगाती है। जमीन आहिस्ता-आहिस्ता सख्त होती गई और दुनिया वजूद में आई।

बाईबिल भी प्रकाश को स्वीकारती है। इसाई धर्म कहता है कि आदिकाल में परमेश्वर ने धरती और आकाश को पैदा किया। जल की सतह पर अंधेरा ही अंधेरा था। तब परमेश्वर ने कहा, उजाला हो और उजाला हो गया। अंधेरे और उजाले को अलग-अलग करने के लिए ही रात और दिन बनाए गए।

कण और प्रकाश से कोई इनकार नहीं करता क्योंकि अन्त में प्रकाश की श्रेष्ठता ही सिद्ध होती है। शिव पुराण में एक कथा आती है कि एक बार देवताओं में कौन बड़ा और श्रेष्ठ है, इस पर बहस छिड़ गई। सभी

अपनी-अपनी श्रेष्ठता सिद्ध करने में लगे हुए थे। ब्रह्मा जी ने कहा कि मैंने जगत को उत्पन्न किया है। अतः मैं श्रेष्ठ हूं। विष्णु जी बोले मैं जगत का पालनहार हूं, इसलिए मै श्रेष्ठ हूं। शिवजी भी पीछे नहीं रहे और बोले मैं सृष्टि के सन्तुलन और विनाश का आधार हूं। अतः मैं श्रेष्ठ हूं। जब फैसला नहीं हो पा रहा था। कहते हैं तभी आकाश में एक ज्योति पुंज दिखा, साथ ही धरती पर लावा फूटा और आकाशवाणी होती है। कोई श्रेष्ठ नहीं है, मैं तो अव्यक्त हूं, मैं ही ईश्वर हूं।

हम सब अपनी समझ, अपने देशकाल, अपनी मान्यता के अनुसार ईश्वर के रूप की रचना कर लेते हैं लेकिन वह अदृश्य शक्ति के रूप में है। इस्लाम कहता है कि वही है जो गर्भाशयों में जैसा चाहता है वही रूप दे देता है। वह तत्त्वदर्शी और प्रकाशमान है। गीता कहती है कि मैं अजन्मा और अविनाशी स्वरूप होते हुए भी, अपनी प्रकृति को अधीन करके अपनी योगमाया से प्रकट होता हूं। श्री गुरु ग्रन्थ साहिब में कहा गया है कि 'सो पुरखू निरंजनु, हरि पुरखू निरंजनु, हरि अगमा अगम अपारा।' अर्थात वह परब्रह्म मायातीत, मन वाणी से परे है। वह भूतकाल में भी अगम था और भविष्य में भी अगम रहेगा।

क्वांटम सिद्धान्त ने भी माना अध्यात्म को विज्ञान

आधुनिक विज्ञान के नवीन शोधों से सिद्ध हो चुका है कि अध्यात्म विद्या एक समग्र विज्ञान है। विज्ञान के इन निष्कर्षों से वही ध्वनि निकलती है, जिसे आर्यावर्त के मनीषियों ने अपनी अध्यात्म चेतना से पाया था और उपनिषदों तथा पुराणों में संकलित कर दिया था। सरल शब्दों में कहें तो कहा जाता है कि यह सृष्टि चेतना का भण्डार है। इसके कण-कण में अनन्त ऊर्जा भरी पड़ी है। आज विज्ञान भी यही बात स्वीकार करने लगा है कि एक-एक अणु में इतनी शक्ति है कि वह पलक झपकते ही, इस संसार को नेस्तनाबूद कर सकता है। जैसे-जैसे विज्ञान अपने नए-नए अनुसंधान करता जा रहा है, उसकी गति स्थूल से सूक्ष्म की ओर होती जा रही है और इसी के साथ ऋषियों द्वारा वर्णित, सारे सूत्रों की वैज्ञानिकता प्रमाणित होती जा रही है।

विज्ञान की अपनी सीमाएं हैं। विज्ञान का सम्पूर्ण शोध पदार्थ पर केन्द्रित है। परन्तु पदार्थ के पार प्राप्त सूक्ष्म और अनन्त ऊर्जा स्रोत, जिसे क्वांटम कण व तरंग सिद्धान्त के नाम से प्रतिपादित किया गया है, ने वैज्ञानिकों को आश्चर्यचकित कर रखा है। विख्यात वैज्ञानिक टालबोट ने अपने शोध अध्ययन 'मिस्टिसिज्म एण्ड द न्यू फिजिक्स' में भारतीय तन्त्र और योगविद्या की वैज्ञानिकता को प्रमाणित किया है। विज्ञानवेत्ता हर्मन निकोबस्की की स्पेस टाईम की व्याख्या में कार्य और कारण के सिद्धान्त का प्रतिपादन हुआ है। उनके अनुसार सृष्टि का हर कार्य किसी एक कारण विशेष द्वारा ही सम्पन्न होता है। प्रत्येक कार्य के पीछे उसका कारण जुड़ा हुआ है। बिना कारण के कुछ भी सम्भव नहीं है। क्वांटम कण और तरंग सिद्धान्त में ब्रह्माण्ड को ऊर्जा तरंगों का संघनित रूप माना गया है। इस सिद्धान्त के अनुसार समस्त सृष्टि का कण-कण तरंगों से निर्मित है। यह माना गया है कि संसार के सभी क्रिया कलापों के मूल में एक ही शक्ति क्रियाशील है, जो विभिन्न रूपों में द्रव्यमान होती है। भारतीय मनीषी स्वामी विवेकानन्द ने भारतीय दर्शन का हवाला देते हुए उल्लेख किया है कि प्रकृति की दो सत्ताएं हैं। एक आकाश और दूसरी प्राण। आकाश एक सर्वव्यापी सत्ता है। ठोस, तरल और वाश्पीय सभी प्रकार के पदार्थ, सभी प्रकार के शरीर, पृथ्वी, सूर्य, चन्द्र और तारे सब इसी आकाश में विनिर्मित हैं। यह आकाश प्राण की क्रिया से परिवर्तित होकर सूक्ष्म से सूक्ष्मतर या स्थूल से स्थूलतर बनता रहता है। जिस प्रकार से आकाश इस जगत का कारण स्वरूप अनन्त एवं सर्वव्यापी भौतिक पदार्थ है। प्राण भी उसी तरह जगत की उत्पत्ति का कारण एवं अनंत सर्वव्यापी विशेषकारी शक्ति है। कल्प के आदि और अन्त में सम्पूर्ण सृष्टि आकाश रूप में परिणत होती है, और जगत की सभी शक्तियां प्राण में लीन हो जाती हैं। यही प्राण गति के रूप में अभिव्यक्त हुआ है। यही गुरुत्वाकर्षण, विद्युत चुम्बकीय, ज़्यादा एवं मज़बूत शक्ति के बलों के रूप में स्वयं को प्रकट करता है। वैज्ञानिक लोग इन्हीं चार बलों को ब्रह्माण्ड की संचालन शक्तियां मानते हैं। यह प्राण ही स्नायविक शक्ति प्रवाह, विचार शक्ति एवं दैहिक क्रिया के रूप में भी व्यक्त होता है। बाह्य एवं अन्तर्जगत की समस्त शक्तियां जब अपनी मूल अवस्था में पहुंचती हैं तब उसी को प्राण

कहा जाता है। उन्नीसवी सदी के अन्तिम दशक में जर्मन वैज्ञानिक मैक्स प्लैंक ने, पहली बार रहस्योद्‌घाटन किया कि प्रकाश एक तरंग नहीं है, वरन क्वांटा नामक ऊर्जा इकाई से बना है। क्वांटम मैकेनिक की नींव यहीं से पड़ी जो उसी प्राण तत्त्व की ओर संकेत करता है। भले ही इसकी अपनी अलग भाषा हो और अलग ढंग से विश्लेषित किया गया हो।

अन्तरिक्ष विज्ञानी कार्लसागा ने द कॉस्मिक कनेक्शन में वार्महोल और ब्लैक होल को विश्व का रहस्य बताया है। वर्तमान के अग्रणी वैज्ञानिक स्टीफ़न हॉकिंग ने बताया कि है कि ब्लैक होल में स्पेसटाईम समाप्त हो जाता है। इसका गुरुत्व बल असाधारण व आश्चर्यजनक रूप से बढ़ जाता है। यह त्रिआयामी होता है और इसकी पूंछ में फोटान कण घूमते रहते हैं। विज्ञानी माईकल टालबोट ने इसकी समानता कुण्डलिनी शक्ति से स्थापित करने की कोशिश की है। उनके अनुसार कुण्डलिनी भी ब्लैक होल के समान ही सुप्त अवस्था में पड़ी रहती है। परन्तु जब जागृत होती है तो प्रचण्ड तरंगों के सदृश्य ऊपर उठती है। ब्लैक होल व कुण्डलनी दोनों ही अपरिमिति एवं अनंत शक्ति के भण्डार हैं।

जॉन ए. व्हीलर ने अपनी शोध द सुपर नेचर एण्ड द नेचर ऑफ क्वांटम जियो मेट्रोडममिक्स में लिखा है कि अन्तरिक्ष में वार्म होल बिखरे पड़े हैं। यह आपस में सम्बन्ध रखते हैं। यह सम्बन्ध कुछ इस तरह का होता है जैसे अन्तरिक्ष का नर्वस सिस्टम हो। इसी के माध्यम से अन्तरिक्ष में विद्युत धाराओं का प्रवाह होता रहता है। इनकी दिशाएं बड़ी स्पष्ट और अलग होती हैं। यह कभी आपस में नहीं टकराते। यह वस्त्रों की तरह धागों से बुनी होती है। तभी तो व्हीलर ने इसे आकाशीय धागों से बुना जियोमेटोडायनेमिकल परिधान कहा है। माइकेल टालवोट ने इसे शिव की जटाओं के समान बताया है। जैसे शिव की जटा को खोला व समेटा जा सकता है। उसी तरह इन धाराओं व वार्महोल में संकुचन व प्रसार सम्भव है। अध्यात्मवेत्ताओं की भी यही मान्यता है कि कल्प के प्रारंभ में आकाश का प्रसार व अन्त में संकुचन होता है।

आधुनिक वैज्ञानिकों का यह भी मानना है कि अध्यात्म विद्या में वर्णित नाद एवं बिन्दु के सिद्धान्त को भी, क्वांटम के तरंग और कण के

माध्यम से जाना जा सकता है। नाद का अर्थ है तरंग और बिन्दु का अर्थ है उसका कण। ब्रह्माण्ड के निर्माण के साथ ही चेतना का प्रवाह, तरंग या नाद के रूप में ही हुआ। मनुष्य के चित में भी उठने वाले विचार तरंगों के रूप में ही होते हैं, जो बाद में स्थूल रूप में क्रियाशील होते हैं। विज्ञानियों का भी यही मानना है कि प्रकृति के अंतराल में प्रतिक्षण एक ध्वनि उठती रहती है, जिसकी प्रेरणा से आघातों द्वारा परमाणुओं में गति उत्पन्न होती है और सृष्टि का समस्त क्रिया कलाप संचालित होता है। यह ध्वनि ही ओम् का नाद है। दूसरा शब्द है बिन्दु। जिसका अर्थ है सूक्ष्मतम कण। उपनिषदों के अनुसार सूक्ष्म से सूक्ष्म जो कण है, वहां तक अपनी गति हो जाने पर ही ब्रह्म की समीपता तक पहुंचा जा सकता है। वैज्ञानिक ब्हीलर द्वारा बताए गए कण व तरंग, विज्ञानी एंडीवेक्स द्वारा उल्लिखित सिंगल प्वाइन्ट और अध्यात्मविदों द्वारा बताए गए नाद एवं बिन्दु से एक ही सत्य प्रमाणित होता है। भारतीय मनीषी स्वामी प्रत्यागतानन्द ने अपने विख्यात ग्रन्थ **द मेटा फिजिक्स ऑफ फिजिक्स** में इसका रोचक वर्णन किया है। उनके अनुसार समस्त ब्रह्माण्ड नाद और बिन्दु की परिणिति का ही परिणाम है। तन्त्र विद्या के विशेषज्ञ सर जॉन वुडरफ ने बताया है कि पदार्थ कुछ नहीं वरन शक्ति का स्थूल रूप है। इसी प्रकार वेदान्त ने सृष्टि को माया कहा है। वेदान्त के व्याख्याकार आचार्य शंकर ने लिखा है कि ब्रह्माण्ड की रचना एक आभास मात्र है। ठीक इसी तरह क्वांटम सिद्धान्त के जानकार संसार को स्वप्विल संसार बताते हैं। उनके अनुसार संसार के सुन्दर दृश्यों, पहाड़ों, नदियों, वृक्षों, वनस्पतियों और प्राणियों में एक ही चेतना खेल कर रही है। विज्ञानी सरफानी ने बताया कि ग्रेविटेशनल बल, पदार्थ पर क्रिया करता है। उन्होंने प्राणियों और जीव जन्तुओं पर क्रियाशील, इस बल को बायोग्रेविटेशनल नाम दिया। इस प्रकार माइण्ड और मैटर का एक ही स्रोत चेतना के रूप में सिद्ध होता है। आधुनिक भौतिकी के मतानुसार पदार्थ जगत का कोई अस्तित्व नहीं है। सर्वत्र एक ही चेतना सत्ता विद्यमान है। इसी के प्रभाव से सारा संसार गतिशील है।

भारतीय मनीषी श्री अरविन्द ने अपने ग्रंथ सिंथेसिंस ऑफ योग में

इस शक्ति को ब्रह्मांडीय चेतना का नाम दिया है। उनका कहना है कि सर्वत्र एक ही शक्ति प्रवाहित है। वृक्ष, वनस्पतियों, जीव-जन्तुओं, कीड़े-मकोड़ों से लेकर मानव मन तक एवं ध्यान से लेकर समाधि तक, इसी एक चेतना का विस्तार दिखाई देता है। सृष्टि का एक कण भी इससे बाहर नहीं है। अल्बर्ट आईंस्टीन के सूत्र $E = mc^2$ द्वारा इसी तथ्य का प्रकटीकरण हुआ है। सर्वव्यापी चेतना ही पदार्थ है, मन है एवं सारी सृष्टि है। विज्ञानियों के अनुसार क्वांटम यूनीवर्स में प्रत्येक कण ऊर्जा का अनन्त स्रोत है। सुपर होलोग्राम ही **यत् पिण्डे तत् ब्रह्माण्डे** और इसके विपरीत **यत् ब्रह्माण्डे तत् पिण्डे** का ही उद्‌घोष करता है। महर्षि अरविन्द ने अपने एक महाकाव्य 'सावित्री' में उल्लेख किया है कि प्रकृति के हर कण में अनंत ब्रह्मांण्डीय ऊर्जा व्याप्त है। अपनी एक अन्य रचना में स्पष्ट करते हुए वे कहते हैं कि एक कण में समस्त सृष्टि की शक्ति, बीज रूप में निहित है। वैज्ञानिक इवान हेरिस वाकर ने भी अपने प्रयोगों से यही निष्कर्ष निकाला था कि सूक्ष्म कण कान्शस फोर्स का यूनिट है। एक अन्य वैज्ञानिक रॉबर्ट ए, मोनरो ने बताया कि दृश्य जगत में चेतना का रूपातंरण सम्भव है। जिसे हमारी आंखें देख पाती हैं, परन्तु इससे भी परे एक ऐसी अद्वितीय और अद्‌भुत सृष्टि है जहाँ न तो स्पेस है न ही टाईम है और वहां दृश्य प्रकृति का कोई नियम लागू नहीं होता। मोनरो ने इसे लोकल स्पेस कहा है। भारतीय शास्त्रों में इस तथ्य को लोक-लोकान्तर के रूप में वर्णित किया गया है। आचार्य शंकर की तरह ही डान जुआन ने भी इस विश्व को आभासी माना है। उनके मत के अनुसार, यह चेतना की स्थूल अवस्था है। इसमें पदार्थ, स्पेस एवं टाईम का अनुभव होता है। विज्ञानी लारेंस लिशेन ने अपने शोध में दो जगत बताए हैं। इनमें एक आभासी तथा दूसरा वास्तविक बताया गया है। इस जगत को उन्होंने आभासी तथा इससे परे जगत को यथार्थ बताया है। बुद्ध के निर्वाण की व्याख्या करते हुए माईकेल टालबोट ने कहा है कि आत्मा जब प्राकृतिक नियमों से पार होकर, मूलतत्त्व परमात्मा में मिल जाती है, तब वह परम अवस्था को प्राप्त होती है। अगर आज का विज्ञान, पदार्थ जगत के कण रूपी परिकल्पना से कुछ और आगे बढ़ सके तो सम्भवतः उस अदृश्य कहे जाने वाले जगत

की झलक मिल सकती है। अब तो विज्ञानी भी स्वीकार करने लगे हैं कि क्वांटम सिद्धान्त में कण एवं तरंग निश्चित रूप से उसी परम ऊर्जा की झलक देते हैं। जिसे आध्यात्मिक मनीषियों ने ब्रह्मचेतना कहा है। अब यह बात स्पष्ट हो चुकी है कि प्राचीन काल के आध्यात्मिक निष्कर्ष आधुनिक विज्ञान के प्रयोगों की कसौटी पर भी खरे उतरे हैं। अब यह स्वीकार कर लिया गया है कि अध्यात्म एक सर्वांगीण विज्ञान है। गॉड पार्टिकल के लिए किए गए इस महा प्रयोग ने भी यही सिद्ध किया है।

4

ब्रह्माण्ड का रहस्य

ब्रह्माण्ड अभेद है

आज का आम नागरिक यह प्रश्न करता है कि हमारे इर्द-गिर्द तारों और आकाशगंगाओं का जो मेला लगा हुआ है, और हम यह सारा संसार देखते हैं, उसकी विशालता की तुलना में हमारी पृथ्वी उनके धूल के एक कण के बराबर भी नहीं है। फिर भी क्या यह आश्चर्यजनक नहीं है कि धूल के कण के बराबर की पृथ्वी का एक छोटे कण के बराबर का मानव इस संसार, ब्रह्माण्ड और उसके रहस्यों का पता लगाने के लिए आतुर है। प्रसिद्ध अंग्रेज खगोलविद आर्थर एडिंग्टन ने एक बार लिखा था कि मनुष्य द्वारा ब्रह्माण्ड के रहस्यों की खोज ठीक उसी तरह कही जाएगी, जैसे कि विशाल समुद्र में चल रहे एक जहाज के भूतल में बने गोदाम में रखे, आलुओं की बोरी में उनके बीच जीवित कोई कीड़ा समुद्र को समझने की कोशिश करे। एडिंग्टन ने एक प्रकार से ब्रह्माण्ड के रहस्यों को उजागर करने में मानव को अत्यन्त ही तुच्छ जीव माना है, लेकिन उन्होंने यह भी स्वीकार किया कि प्रकृति से मनुष्य को सबसे महान और सबसे महंगा उपहार मस्तिष्क के रूप में मिला है। यह मस्तिष्क इतना सक्षम है कि यदि यह सही दिशा में केन्द्रित हो जाए, और इसकी शक्ति एवं क्षमता का

भरपूर उपयोग हो जाए, तो ब्रह्माण्ड के कई रहस्यों पर से पर्दा उठ सकता है। जीव वैज्ञानिक तो यहां तक कहते हैं, कि वर्तमान में मानव मस्तिष्क का केवल 10 से 20 प्रतिशत हिस्सा ही उपयोग में आ रहा है। यदि मस्तिष्क का 50 प्रतिशत हिस्सा भी अपनी क्षमता से काम करने लगे तो ब्रह्माण्ड का कोई हिस्सा अबूझ नहीं रह जाएगा।

फिर भी हम आज ब्रह्माण्ड के सम्बन्ध में काफी कुछ जानने लगे हैं। आधुनिक विज्ञान और तकनीकी क्षेत्र में हुए क्रान्तिकारी अनुसंधानों ने जीवन के हर क्षेत्र को प्रभावित किया है। हमारी जानकारी बढ़ी है, लेकिन महत्वपूर्ण बात यह है कि हम जितना ज़्यादा जानते हैं, उतना ही ज़्यादा हमारे बीच अनजाने सवाल भी आकर खड़े हो जाते हैं और उन अनजाने सवालों का जवाब हम नहीं दे पाते हैं, अर्थात ज्ञान के बजाए हम अज्ञान में ज़्यादा उलझे हुए हैं। यद्यपि हमें लगता है कि हमने ब्रह्माण्ड रूपी प्रकृति के इस महानतम महल के कुछ गुप्त कमरों तक अपनी पहुंच बनाकर उनकी थाह पा ली है, और इस बात का भी पता लगा लिया है कि ब्रह्माण्ड के चलने में कुल बल और शक्तियां किस प्रकार से कार्य करती हैं, लेकिन जहां तक पूरे ब्रह्माण्ड की थाह पा लेने का प्रश्न है सम्भवतः हम अभी तक उसके धरातल की थोड़ी सी खुरचन ही पा सके हैं। जैसे-जैसे हम ब्रह्माण्ड की खोज को आगे बढ़ाते जाते हैं वैसे ही हमारे सामने निरन्तर अज्ञात और नए विशाल क्षेत्र खुलते जाते हैं। इस ब्रह्माण्ड में हर समय कुछ न कुछ नया और आश्चर्यजनक घटित होता रहता है, और हम इन रहस्यों को खोज पाने में कोसों दूर हैं। लेकिन हमें खोज की यह यात्रा बन्द नहीं करनी है, क्योंकि यह मानव की खोज का ही परिणाम है कि मानवीय जीवन में सेल बायलोजी से लेकर आधुनिक कम्प्यूटर तक का निर्माण हमने कर लिया है, लेकिन आज भी कई रहस्य इतने अबूझ हैं, जिनके कारण ब्रह्माण्ड की ओर हमारा आकर्षण बढ़ता ही जा रहा है।

ब्रह्माण्ड के सम्बन्ध में भौतिकी के जाने-माने वैज्ञानिक स्टीफ़न हॉकिंग ने भी काफी काम किया है। भौतिकी की गहराई में जाकर स्टीफ़न ने टॉलेमी और अरस्तू जैसे दार्शनिकों की अवधारणाओं का भी अध्ययन किया। अरस्तू ने अपने समय के अन्य विद्वानों को एक किनारे करते हुए

बताया था कि पृथ्वी गोल है, जबकि उस समय के कुछ विद्वान कहते थे कि पृथ्वी तस्तरी की भांति चपटी हुई है। कुछ लोगों का विश्वास था कि पृथ्वी एक विशाल कछुए की पीठ पर टिकी हुई है। कुछ लोग यह भी कहते थे कि पृथ्वी एक डोरे से लटकी हुई है। लेकिन यह सब मान्यताएं थीं। इनका कोई वैज्ञानिक आधार नहीं खोजा जा सका। ब्रह्माण्ड के सम्बन्ध में एक मजेदार कहानी प्रचलित है। कहते हैं कि एक बार एक खगोल शास्त्री खगोल विज्ञान पर एक सार्वजनिक भाषण दे रहे थे, और आम जनता को समझा रहे थे कि किस प्रकार पृथ्वी सूर्य के चारों ओर चक्कर लगाती है तथा सूर्य हमारी आकाशगंगा के केन्द्र की परिक्रमा करता है। लोग व्याख्यान सुनते रहे, लेकिन यह व्याख्यान उनके गले नहीं उतर रहा था। व्याख्यान के समापन पर एक वृद्ध महिला खगोलविद से बोली आपने जो कुछ भी बताया है वह सब बकवास है। क्योंकि वास्तव में विश्व एक विशालकाय कछुए की पीठ पर रखी हुई तस्तरी के समान है। खगोलविद महिला की ओर मुखातिब होकर मुस्कुराते हुए बोले कि कृपया यह बताएं कि वह विशालकाय कछुआ किस चीज़ पर खड़ा है? महिला ने भी मुस्कुराते हुए जवाब दिया "तुम बहुत समझदार हो वैज्ञानिक, लेकिन तुम हमारे विश्वास को नहीं डिगा सकते, क्योंकि नीचे तक कछुए ही कछुए हैं।"

यह कहानी बताती है कि आज भी ब्रह्माण्ड के सम्बन्ध में हम तमाम अवास्तविक मान्यताओं पर विश्वास किए हुए हैं। अधिकांश लोग कछुओं की इस मीनार के रूप में हमारे ब्रह्माण्ड के विचार को हास्यास्पद बताते हैं, लेकिन हम यह क्यों सोचते हैं कि हम ही ज़्यादा ज्ञानी हैं और ब्रह्माण्ड के सम्बन्ध में हम ज़्यादा जानते हैं। दूसरी ओर आज भी यह प्रश्न अनुत्तरित हैं कि ब्रह्माण्ड कहां से आया और कहां जा रहा है? क्या ब्रह्माण्ड का आदि था और यदि ऐसा था तो उससे पहले क्या घटित हुआ? काल की प्रकृति क्या है? क्या काल का कभी अन्त होगा? आदि।

जैसा कि पहले कहा जा चुका है कि अरस्तू ने बताया था कि पृथ्वी गोल है। लगभग 340 ई.पू. अरस्तू नामक इस यूनानी दार्शनिक ने अपनी पुस्तक **ऑन दि हैवन्स** में लोगों को विश्वास दिलाने के लिए कि पृथ्वी

गोल है, दो दलीलें प्रस्तुत की थी। इसके लिए सबसे पहले उन्होंने यह जानकारी एकत्र की, कि जब पृथ्वी सूर्य और चन्द्रमा के बीच में आ जाती है तो चन्द्रग्रहण होता है। चूंकि चन्द्रग्रहण के समय चन्द्रमा पर पृथ्वी की छाया हमेशा गोल होती है। अतः निश्चित रूप से यह कहा जा सकता है कि पृथ्वी गोल है। यदि पृथ्वी तश्तरी की तरह चपटी होती तो यह छाया लम्बी होती। उन्होंने दूसरा तथ्य यह प्रस्तुत किया कि यात्राओं के समय अधिक उत्तरी क्षेत्रों की अपेक्षा जब दक्षिण दिशा से देखा जाए तो ध्रुव तारा आकाश में झुका हुआ दिखाई देता है। इसके अलावा यह भी महसूस किया गया कि क्षितिज से आते हुए जलयान का पाल पहले दिखाई देता है जब कि जहाज का ढांचा बाद में दिखाई देता है। इन सब बातों से अरस्तू ने सिद्ध किया कि पृथ्वी गोल है।

अरस्तू का एक और विचार था कि पृथ्वी स्थिर है तथा सूर्य, चन्द्रमा, ग्रह और तारे वृत्ताकार कक्षाओं में पृथ्वी के चारों ओर घूमते हैं। वह इस बात पर इसलिए विश्वास करते थे, क्योंकि वे मानते थे कि पृथ्वी ब्रह्माण्ड का केन्द्र है और यह वृत्तीय गति सर्वाधिक शुद्ध है। अरस्तू के इसी विचार को आधार बनाकर दूसरी शताब्दी में टॉलेमी द्वारा ब्रह्माण्ड का मॉडल प्रस्तुत किया गया। इस मॉडल में पृथ्वी केन्द्र में स्थित थी और अपने चारों ओर आठ गोलों से घिरी हुई थी। इन गोलों में चन्द्रमा, सूर्य, तारे तथा उस समय तक ज्ञात बुद्ध, शुक्र, मंगल, शनि तथा वृहस्पति नामक ग्रह दर्शाए गए थे। टॉलेमी के इस मॉडल को बहुत ज़्यादा मान्यता नहीं मिली। बाद में सन 1514 में पोलैण्ड एक पादरी निकोलस कापर्निक्स द्वारा एक आसान मॉडल प्रस्तुत किया गया जिसमें यह बताया गया था कि सूर्य केन्द्र में स्थिर है तथा पृथ्वी और दूसरे ग्रह सूर्य के चारों ओर वृत्ताकार कक्षाओं में घूमते हैं। यद्यपि इस विचार को भी स्वीकार करने में एक शताब्दी का समय लग गया। यह सब धीरे-धीरे चलता रहा, लेकिन इस सम्बन्ध में सनसनीखेज तथ्य 1687 में आइजक न्यूटन ने प्रस्तुत किया। न्यूटन ने लोगों के सामने अपना यह सिद्धान्त विचारार्थ प्रस्तुत किया कि खगोलीय पिण्ड आकाश और काल में किस प्रकार विचरण करते हैं, और इन गतियों का अध्ययन और विश्लेषण करने के लिए आवश्यक गणितीय सूत्र भी

प्रस्तुत किए। इसके अतिरिक्त न्यूटन ने गुरुत्त्वाकर्षण के तथ्य को भी स्वीकार कर लिया, जिसके अनुसार ब्रह्माण्ड में प्रत्येक पिंड दूसरे पिंड की तरफ एक ऐसे बल से आकर्षित होता है, जो उतना ही अधिक प्रबल होता है, जितना अधिक वे पिण्ड स्थूल तथा एक दूसरे के समीप होते हैं। गुरुत्त्वाकर्षण का ही वह बल था जो वस्तुओं के नीचे गिरने का कारण था। न्यूटन ने आगे यह भी सिद्ध किया कि उनके नियम के अनुसार चन्द्रमा को पृथ्वी के चारों ओर एक दीर्घवृत्तीय कक्षा में परिभ्रमण कराने, तथा पृथ्वी और ग्रहों को सूर्य के चारों और दीर्घवृत्तीय पथों का अनुसरण कराने में गुरुत्त्वाकर्षण का बल ही ज़िम्मेदार है। स्टीफ़न हॉकिंग ने उपरोक्त सभी तथ्यों का अध्ययन किया और उन्होंने भी ब्रह्माण्ड के सम्बन्ध में वही प्रश्न उठाए कि ब्रह्माण्ड क्या है? कहां से आया? हम यहां क्यों है? इसका आदि और अन्त है या नहीं।

एक महान वैज्ञानिक

ब्रह्माण्ड के सम्बन्ध में व्याख्या करने के लिए आरम्भिक दौर में जो तथ्य प्रस्तुत किए गए उनका आधार इस तथ्य पर टिका था कि इस दुनिया की सभी प्राकृतिक और भौतिक क्रियाएं, आत्माओं द्वारा मानवीय भावनाओं के आधार पर की जाती हैं। जिनका कार्यकलाप काफी हद तक मनुष्यता से भरा और अप्रत्याशित होता है। इन आत्माओं की साम्यता प्राकृतिक तत्त्वों के साथ है। मान्यता है कि नदियां और पहाड़ या आकाशीय पिंड जैसे सूर्य और चन्द्रमा आदि इनको खुश करना आवश्यक है, ताकि उनके आशीर्वाद से भूमि की उर्वरता बनी रहे तथा मौसम का चक्र चलता रहे। इसीलिए इनको देवता मानकर इनकी पूजा की जाती है। लेकिन जैसे-जैसे विकास होता गया वैसे ही वैसे मनुष्य ने यह भी जान लिया कि कुछ बातें निश्चित हैं। जैसे सूर्य हमेशा पूरब दिशा से ही उदित होता है और पश्चिम दिशा में ही अस्त होता है। यह ज़रा भी टस से मस नहीं होगा चाहे आप सूर्य को भगवान मानकर खुश करने के लिए किसी जीव की बलि दें या न दें। इसी प्रकार चन्द्रमा और अन्य ग्रह आसमान में निश्चित पथ पर अपनी यात्रा करते हैं और इनका पूर्वानुमान लगाया जा सकता है। यह पूर्वानुमान आज सटीक बैठ रहे हैं। इन जानकारियों के कारण अंधविश्वासों में काफी कमी आई है।

जैसे-जैसे सभ्यता का विकास होता गया उसी गति से प्राकृतिक नियमों की भी खोज होती रही। विशेषकर पिछले 300 वर्षों में प्राकृतिक नियमों की ज़्यादा खोज की गई। उन्नीसवीं शताब्दी के आरम्भ में इन नियमों की सफलता का नेतृत्व लाप्लेस नामक वैज्ञानिक ने किया। उन्होंने बताया कि वास्तव में ब्रह्माण्ड की उत्पत्ति कुछ निश्चित नियमों के अधीन हुई है, लेकिन वे यह नहीं बता सके कि यह नियम किस तरह से निर्धारित किए गए। साथ ही उन्होंने इस बात की भी व्याख्या नहीं की कि ब्रह्माण्ड के आरम्भिक तत्त्व क्या थे? यह सब ईश्वर पर छोड़ दिया गया। ईश्वर ने ही निर्धारित किया कि किस तरह से ब्रह्माण्ड का निर्माण होगा और किन नियमों का पालन किया जाएगा। कहने का मतलब यह रहा कि ब्रह्माण्ड के सम्बन्ध में जिन सवालों का जवाब विज्ञान नहीं दे सका, वे सवाल ईश्वर के लिए छोड़ दिए गए। कहते हैं कि एक सवाल अब भी बाकी हैं कि आख़िर कब और कैसे तथा किन नियमों के तहत ब्रह्माण्ड का निर्माण किया गया।

ब्रह्माण्ड और समय

जब ब्रह्माण्ड की चर्चा होती है तो उसके साथ समय को अवश्य जोड़ा जाता है, क्योंकि समय के बिना ब्रह्माण्ड का अध्ययन अधूरा माना जाता है।

समय के सम्बन्ध में कहा जाता है कि समय के साथ दूरी का गहरा रिश्ता है। जब हम समय की बात करते हैं, तो दूरी से बच नहीं सकते। भौतिकी में सात मूलभूत राशियों का जिक्र है जिनमें समय व दूरी प्रत्यक्ष रूप से मानव जीवन पर अपना असर डालते हैं। समय और दूरी आपस में इतने गुंथ गए हैं कि सामान्य परिस्थितियों में हम इन्हें अलग नहीं कर पाते। यदि हम निश्चित गति से चलें तो हम समय के निश्चित अन्तराल में, दो जगहों के बीच की दूरी को नाप लेते हैं। गति हो तो समय का बीतना, दूरी को घटाने लगता है। तभी तो सामान्यतः हम प्रस्थान और आगमन के बीच के अन्तराल को दूरी मान लेते हैं। कुछ विचारक मानते हैं कि न समय था, न होगा, केवल वर्तमान है। इन विचारकों को वर्तमानवादी कहा जाता है। लेकिन कुछ विचारक अनन्तवादी भी हैं, जो

मानते हैं कि समय अनन्त है। आगे चल कर आईंस्टीन ने बताया कि समय किसी वस्तु का चौथा आयाम होता है। उन्होंने बताया कि लम्बाई, चौड़ाई और गहराई स्थानिक आयाम हैं, जो वस्तु की स्थिति को स्पष्ट करते हैं लेकिन समय एक अस्थायी आयाम है, जो वस्तु में होने वाले बदलावों को चिन्हित करने के लिए ज़रूरी है। विशेष सापेक्षता का सिद्धान्त लिखते समय आईंस्टीन ने गति, दूरी और समय के रहस्यों को समझाते हुए, समय की आयाम के रूप में अनिवार्य उपस्थिति को पुष्ट करते हैं। समय के सम्बन्ध में विज्ञान की यह धारा न्यूटन के वास्तविक समय सिद्धान्त का ही विस्तार है। न्यूटन असीम समय और अन्तरिक्ष की बात करते हैं। न्यूटन का कहना था कि समय व अन्तरिक्ष दोनों असीम हैं, लेकिन सापेक्षता के आधार पर गति को समझते वक्त, समय की महत्ता का पता चलता है। समय, प्रकृति में अपनी नैसर्गिक अवस्था में व्याप्त है और अनवरत रूप से गतिशील भी है। समय को देखा नहीं जा सकता, परन्तु इसकी गणितीय व्याख्या की जा सकती है। वैज्ञानिक समीकरणों को मान्यता दी जाए तो पता चलता है कि यदि एक खास गति से चलते रहा जाए तो समय के पार भी जाया जा सकता है।

दूसरी ओर दृष्टि डाली जाए तो अरस्तू जैसे वैज्ञानिक भी हैं जिन्होंने समय को अनादि कहा है। उनका कहना था कि अगर समय की कोई शुरुआत है तो सृष्टि का कोई क्षण ऐसा ज़रूर होगा जिसे हम पहला पल कह सकें। लेकिन यह सम्भव नहीं लगता। पुरातन यूनानी, बेबीलोनी, भारत के हिन्दू, बौद्ध और जैन धर्म को मानने वाले लोग शुरू से ही समय की गति को एक पहिए के रूप में मानते रहे हैं। जिसका न आदि है और न अन्त। जो केवल चलना जानता है और जो चलता जा रहा है, अनन्त काल से। समय को न कोई परिभाषित कर सका है, और न ही देख सका है। कोई अदृश्य शक्ति, अप्रत्यक्ष ऊर्जा, जो समस्त चर, अचर, चेतन, अवचेतन, अवनि, अम्बर और अखिल ब्रह्माण्ड के कण-कण में व्याप्त है। भगवद्‌गीता में जिसे **'कालः कलमताहम'** कह कर श्रीकृष्ण ने इसे अपना रूप बताया है। भौतिकी के आधार पर जिसे किसी गतिशील बिन्दु के एक बिन्दु से दूसरे बिन्दु तक जाने का अन्तराल कहते हैं और जिसे बांध लेने

का भ्रम मनुष्य ने घण्टों, पहरो, और सेकेण्डों में बांट कर, पाल लिया है। इन सब का आशय समय से है।

कहते हैं कि दार्शनिक लोग आत्मा, मनुष्य, सृष्टि, ईश्वर जैसे प्रश्नों से जिस प्रकार जूझते रहे हैं उसी प्रकार से समय की अनन्तता से भी जूझते रहे हैं। उनके प्रश्न रहे हैं कि समय क्या है? जब सृष्टि नहीं थी, जब ईश्वर भी नहीं था, तब क्या कोई समय था? ईश्वर ने जब भी यह सृष्टि बनाई तो उससे पहले क्यों नहीं बनाई और यदि 'पहले' शब्द का अस्तित्व होना सिद्ध होता है तो क्या 'समय' ईश्वर और सृष्टि से भी पूर्व था। कुछ लोगों ने एक वैज्ञानिक से पूछा कि जब ईश्वर ने ब्रह्माण्ड को बनाया तो उससे पहले ईश्वर क्या कर रहे थे? वैज्ञानिक ने हंस कर इस बेतुके सवाल का बेतुका जवाब दिया कि उससे पहले ईश्वर इस प्रकार का प्रश्न पूछने वाले लोगों के लिए नरक बना रहे थे। समय के सम्बन्ध में स्टीफ़न हॉकिंग ने तर्क और विज्ञान के सहारे 'समय' की विवेचना की है। वह समय, जो सृष्टि से पहले भी था, ईश्वर से भी पहले था, उसे स्टीफ़न समय न कहकर ब्रह्माण्ड कहते हैं। इस सम्बन्ध में स्टीफ़न की अवधारणा बिल्कुल स्पष्ट थी। इसीलिए तो उन्होंने अपनी विश्वविख्यात पुस्तक का नाम **ब्रह्माण्ड का इतिहास** न रख कर उसका नाम **समय का संक्षिप्त इतिहास** रखा। क्योंकि वे मानते हैं कि ब्रह्माण्ड ही समय है। समय के गूढ रहस्य को खोलते हुए स्टीफ़न इस सम्भावना पर भी विचार करते हैं कि क्या हम समय में पीछे की ओर लौटने की यात्रा कर सकते हैं। स्टीफ़न ने काल के तीर के सम्बन्ध में भी चर्चा की है। उनका कहना है कि काल्पनिक समय अन्तरिक्ष में दिशाओं से अभिद्य होता है। यदि कोई उत्तर दिशा की ओर जा सकता है तो वह मुड़ भी सकता है, और दक्षिण दिशा की ओर भी जा सकता है। इसी प्रकार यदि कोई काल्पनिक समय में आगे जा सकता है, तो वह पीछे भी जा सकता है अर्थात काल्पनिक समय में आगे और पीछे की दिशाओं में कोई विशेष अन्तर नहीं होता है। जबकि वास्तविक समय में यह अन्तर बहुत बड़ा होता है। वास्तव में अतीत और भविष्य के बीच में काफी बड़ा अन्तर होता है। स्टीफ़न का कहना है कि यह अन्तर कहां से आता है? हम अपने भूतकाल को ही क्यों याद करते हैं? भविष्य को क्यों नहीं करते?

समय के साथ ही प्रकाश की गति की भी चर्चा आवश्यक हो जाती है। इस सम्बन्ध में भी स्टीफ़न का कहना है कि ब्रह्माण्ड की घटनाओं को प्रकाश शंकुओं के माध्यम से वर्णित किया जा सकता है। शंकु के शीर्ष का प्रकाश हमें बताता है कि घटना से प्रकाश किस ओर की यात्रा करेगा। शंकु का निचला भाग बताता है कि अतीत में प्रकाश कहां था? प्रकाश शंकु का केन्द्रीय स्थान वह होता है, जहां पर घटना घटित होती है। इसी के साथ स्टीफ़न ने प्रकाश के मुड़ने के सम्बन्ध में भी अपना विचार व्यक्त किया है। उनका कहना है कि जब प्रकाश किसी बड़ी चीज़, जैसे विशाल तारे की ओर जाता है तो सीधा न जाकर उसकी दिशा बदल जाती है। क्योंकि बड़ी चीज़ में गुरुत्त्वाकर्षण का बल अधिक होता है। स्टीफ़न हॉकिंग आईंस्टीन के सापेक्षिकता के सिद्धान्त को बहुत पसन्द करते हैं। आईंस्टीन का सिद्धान्त बताता है कि जब कोई वस्तु किसी बड़ी वस्तु जैसे कि पृथ्वी के निकट होगी तो समय की गति धीमी होगी, लेकिन जब कोई वस्तु किसी बड़ी वस्तु से दूर जाती है तो समये की गति भी तीव्र होगी।

प्रकाश की गति के सम्बन्ध में हमें कुछ अन्य तथ्यों पर भी विचार करना होगा। यदि हमें ब्रह्माण्ड के रहस्यों की खोज करने के लिए ब्रह्माण्ड में प्रवेश या संचार करना है, तो हमारे लिए प्रकाश की गति के बराबर की गति धीमी गति कही जाएगी। क्योंकि ब्रह्माण्ड की विशालता का तो ओर-छोर नहीं है और हमारी वर्तमान की गति प्रकाश की गति की उच्च सीमा से अधिक नहीं है। आईंस्टीन का सिद्धान्त कहता है कि कोई तत्त्व या संकेत प्रकाश की गति से तीव्र गति से प्रवाहित नहीं हो सकता। यह बात पृथ्वी के ऊपर तो ठीक हो सकती है, लेकिन यदि हमें अपनी आकाशगंगा के पड़ोस की किसी आकाशगंगा में संकेत प्रेषित करने हों तो हमारी यह गति अत्यन्त धीमी गति मानी जाएगी। क्योंकि इस गति से तो सन्देश पहुंचने में कई वर्ष लग जाएंगे। वैसे अभी इस समस्या का हल खोजा नहीं जा सका है।

ब्रह्माण्ड से उत्पन्न होने वाली ऊर्जा के सम्बन्ध में भी चर्चा ज़रूरी हो जाती है। अब आधुनिक साधनों के माध्यम से ब्रह्माण्ड का निरीक्षण करने की हमारी क्षमता कई गुना बढ़ गई है। अब विशालकाय दूरबीनों और अन्तरिक्ष में भ्रमण करने वाले कृत्रिम उपग्रहों के माध्यम से हम उन

घटनाओं को भी देख लेते हैं, जो ब्रह्माण्ड में कहीं दूर घटित होती हैं। इन्हीं निरीक्षणों के माध्यम से हमारी जानकारी में आया है कि ब्रह्माण्ड में कॉस्मिक गामा किरणों का विस्फोट होता है। गामा किरणें ऐसा विकिरण हैं जो एक्स-रे की तुलना में अधिक प्रभावशाली होती हैं। आसमान में बाहरी अन्तरिक्ष में लगभग प्रतिदिन ऐसी गामा किरणों का विस्फोट होता ही रहता है। यह विस्फोट इतने शक्तिशाली होते हैं कि कुछ ही सेकेण्डों में इतनी ज़्यादा ऊर्जा फेंक देते हैं जितनी ऊर्जा सूर्य अपने पूरे जीवन काल में उत्पन्न नहीं कर सकता। लेकिन यह मानव का सौभाग्य है कि यह विस्फोट हमसे बिलियन किलोमीटर दूर होते हैं जिसके कारण हमारी पृथ्वी सुरक्षित है अन्यथा यह विस्फोट हमें एक क्षण में समाप्त करने की क्षमता रखते हैं।

वर्तमान में यह प्रश्न उठाया जाने लगा है कि हमारे वैज्ञानिक अनुसंधानों का लगभग पूरा काम कम्प्यूटरों के भरोसे है तथा समय के साथ-साथ कम्प्यूटर और अधिक शक्तिशाली होते जा रहे हैं। लोगों का कहना है कि क्या यह सम्भव है कि कोई सुपर कम्प्यूटर मानव मस्तिष्क का स्थान ले ले और फिर हमसे स्वतन्त्र होकर ब्रह्माण्ड के रहस्यों की खोज करने लगे। इन सम्भावित प्रश्नों पर भी कम्प्यूटर विशेषज्ञों, चिकित्सकों, जीव वैज्ञानिकों एवं मनोवैज्ञानिकों के बीच ज़बरदस्त बहस छिड़ी हुई है। दूसरी ओर कुछ ऐसे वैज्ञानिक भी हैं जो इन बातों में विश्वास करते हैं कि मानव मस्तिष्क क्वांटम मैकेनिक्स और गुरुत्त्व बल के सिद्धान्तों का संकलन है। एक बार जब हम इस सिद्धान्तों को पूरी तरह से समझ लेंगे तो, हम मस्तिष्क की भीतरी संरचना को भी समझने में पूरी तरह से सक्षम हो जाएंगे और यदि ऐसा हो सका, तो हम मस्तिष्क का पुनर्निर्माण भी कर सकेंगे तथा ऐसे कम्प्यूटर का निर्माण सम्भव हो जाएगा जो मानव मस्तिष्क से भी शक्तिशाली होगा।

कुछ लोगों का कहना है कि ब्रह्माण्ड के रहस्यों को समझने में गणित का भी योगदान है। ब्रह्माण्ड और इसके नियमों को समझने में गणितीय नियम हमारा मार्गदर्शन करते हैं। गणितीय नियमों की शक्ति और उनकी सुन्दरता अतुलनीय है। गणित हमारे मस्तिष्क में पूरे ब्रह्माण्ड को पुनः

उत्पन्न कर देती है। ब्रह्माण्ड को समझने में गणित इतनी सक्षम क्यों है? यह भी एक रहस्य ही है। केप्लर नामक वैज्ञानिक ने गणितीय नियमों का उपयोग यह जानने के लिए किया कि सूर्य के चारों ओर ग्रह किस प्रकार परिक्रमा करते हैं? न्यूटन ने गणित का उपयोग यह जानने के लिए किया कि अन्तरिक्ष में वस्तुएं किस प्रकार भ्रमण करती हैं। आज गणित के कारण ही हम सूक्ष्मतम समय की गणना में भी सक्षम हैं। आज हम यह भी गणना कर लेते हैं कि मनुष्य किस समय चांद पर पैर रखेगा जबकि पृथ्वी और चांद दोनों ही अन्तरिक्ष में तीव्रगति से घूम रहे हैं। अतः यह कहा जा सकता है कि बिना गणित के ब्रह्माण्ड के रहस्यों की खोज लगभग असम्भव है।

सापेक्षिकता सिद्धान्त के साथ ही स्टीफ़न ने अनिश्चितता के सिद्धान्त की भी चर्चा की है। इस सिद्धान्त के अनुसार किसी कण की गति और स्थिति एक ही समय में ज्ञात नहीं की जा सकती। कण की स्थिति को ज्ञात करने के लिए वैज्ञानिक लोग उस कण पर प्रकाश डालते हैं। यदि उच्च आवृत्ति का प्रकाश डाला जाता है तो कण की स्थिति अधिक सटीकता से प्राप्त की जा सकती है, लेकिन कण की गति का पता नहीं चलेगा, क्योंकि उच्च आवृत्ति का प्रकाश कण की गति को परिवर्तित कर देगा। दूसरी ओर यदि निम्न आवृत्ति का प्रकाश कण के ऊपर डाला जाता है तो कण की गति को सटीकता से जाना जा सकता है, लेकिन इस स्थिति में कण की स्थिति ज्ञात नहीं हो पाएगी।

ब्रह्माण्ड की अखण्डता के सम्बन्ध में भी वैज्ञानिक एकमत नहीं हैं। वैज्ञानिक आधार बताते हैं कि ब्रह्माण्ड अखण्ड नहीं है। ब्रह्माण्ड का आरम्भ लगभग 14 अरब वर्ष पूर्व हुआ था, लेकिन दूसरी ओर आज भी कोई वैज्ञानिक दावे के साथ नहीं कह सकता है कि ब्रह्माण्ड का अन्त है या नहीं। चूंकि मनुष्य के काल और ब्रह्माण्ड के काल में भारी अन्तर है। अतः अभी तक यही माना गया कि ब्रह्माण्ड स्थिर है। यद्यपि ब्रह्माण्ड के आरम्भ होने की कल्पना बहुतों के सिर के ऊपर से गुज़र गई और लोगों ने विश्वास नहीं किया, क्योंकि इससे निष्कर्ष निकलता है कि ब्रह्माण्ड का निर्माण किसी दैवी शक्ति ने किया है। उन्नीसवीं और

बीसवीं शताब्दी तक यह मुद्दा विवादित ही रहा कि ब्रह्माण्ड का आरम्भ है या नहीं। धर्मशास्त्र और दर्शन सभी क्षेत्रों में यह बिन्दु चर्चा का विषय रहा। लेकिन यदि ब्रह्माण्ड को अखण्ड मान लिया जाए तो उष्मागति के दूसरे नियम से यह सिद्ध नहीं होता, क्योंकि वैज्ञानिक नियमों के अनुसार ब्रह्माण्ड की जटिलता निरन्तर, काल के अनुरूप बढ़ती रहती है। अतः ब्रह्माण्ड का आरम्भ तो होना ही चाहिए, तभी तो किसी बिन्दु के बाद जटिलता बढ़ेगी, क्योंकि जैसे-जैसे काल आगे बढ़ेगा वैसे ही जटिलता (व्यवस्था) भी बढ़ेगी।

हम कल्पनाएं बहुत करते हैं, लेकिन कल्पना में भी ब्रह्माण्ड को कभी नहीं देख सके। यह ब्रह्माण्ड कैसा है? यह बताने के लिए क्या नियमों की कोई किताब है? क्या अपने अल्प जीवन काल में हम इन नियमों को पढ़ पाएंगे? कुछ भौतिक विज्ञानी कहते हैं कि नियमों की ऐसी पुस्तक होती है, जिसमें दिए गए तत्त्व आसान होते हैं। प्राचीन काल में ब्रह्माण्ड में क्या घटित हुआ होगा? वर्तमान में क्या घटित हो रहा है? और भविष्य में क्या घटित होने वाला है? यह सब बताने के लिए एक तकनीक की ज़रूरत है। स्टीफ़न हॉकिंग के अनुसार यह सब बताने वाला है, **महा एकीकृत सिद्धान्त** जो मेरे दायरे में है और उनका दावा है कि वे जल्दी ही इस पर काम करेंगे।

ब्रह्माण्ड के आकार के सम्बन्ध में हमेशा भ्रमपूर्ण स्थिति रही है। जन सामान्य की भी हमेशा से यह जिज्ञासा रही है कि वह जान सके कि ब्रह्माण्ड कितना बड़ा है। अनेक कवियों ने बताया कि "इस ब्रह्माण्ड का आकार कितना? इसके, उसके दिमाग़ जितना।" इसका मतलब यह हुआ कि ब्रह्माण्ड के आकार की नाप केवल मेरे-तेरे दिमाग में उठी कल्पना के अनुसार होगी। यद्यपि दिमाग का निवास स्थान अर्थात मानव का सिर सभी के लिए लगभग समान होता है, लेकिन मस्तिष्क के काम करने या कल्पना करने की गति, स्थिति आदि उसकी बुद्धि के ऊपर निर्भर करती है। व्यक्ति की बुद्धि और उसके विकास के अनुसार ही उसे ब्रह्माण्ड का आकार समझ में आता है।

यद्यपि सतही तौर पर प्रकृति जितनी जटिल लगती है उतनी जटिल है नहीं। यदि हम ब्रह्माण्ड के सम्बन्ध में सोंचे कि कैसा है वह? तो समझ में आता है कि ब्रह्माण्ड, मानव, वनस्पति, प्राणी, हवा, बर्फ, सितारे सूक्ष्म जीवाणु आदि सभी से मिलकर बना है। कहते हैं कि अणु में प्रोट्रॉन और न्यूट्रॉन होते हैं और इलैक्ट्रॉन उसके चारों ओर घूमते रहते हैं। उनके बीच में पर्याप्त रिक्त स्थान होता है। प्रोट्रॉन, न्यूट्रॉन और इलैक्ट्रॉन विशेष नियमों के अनुसार व्यवहार करते हैं। उनका व्यवहार मानव व्यवहार जैसा ही होता है। जैसे सन्देश भेजने के लिए हम चार साधनों का उपयोग कर सकते हैं। टेलीफोन, फैक्स, मोबाइल फोन और ई-मेल, लेकिन लोग अपनी सुविधानुसार किसी एक या अधिक साधनों का उपयोग करते हैं। इसी प्रकार जो द्रव्यकण हमें दिखाई देते हैं। उनके मध्य सन्देशवाहन के चार बल हैं जिनके नाम है गुरुत्वाकर्षण बल, विद्युत चुम्बकीय बल, शक्तिमान बल और ज़्यादा बल। चुम्बकीय बल इलैक्ट्रॉन व केन्द्रक को नियन्त्रित करता है। शक्तिमान बल केन्द्रक को स्थिर रखता है। परन्तु ज़्यादा बल के कारण रेडियोधर्मिता का निर्माण होता है। बीसवीं शताब्दी में वैज्ञानिकों ने इन चारों बलों का विस्तृत अध्ययन किया और जानने का प्रयास किया कि यह चारों बल एक दूसरे से किस प्रकार का सम्बन्ध रखते हैं? अध्ययन से ज्ञात हुआ कि यद्यपि सभी बल एक प्रकार का ही कार्य करते हैं, लेकिन उनकी कार्य पद्धति एवं गति आदि भिन्न है। लेकिन यदि चारों बलों को एकत्र कर दिया जाए तो **ज़्यादा बल** पैदा हो जाएगा। ज़्यादा बल का कार्य बताने वाला सिद्धान्त ही स्टीफ़न हॉकिंग का महा एकीकृत सिद्धान्त कहलाया। स्टीफ़न ने इस सिद्धान्त के माध्यम से लोगों को बताने का प्रयास किया कि ब्रह्माण्ड सीधा, सरल व सुलभ है।

कुछ लोग प्रश्न पूछते हैं कि क्या ब्रह्माण्ड में हमारी आकाशगंगा जैसी अन्य आकाशगंगाए भी हैं और इन आकाशगंगाओं के मध्य आकाश फैला हुआ है। यद्यपि बीसवीं शताब्दी के पहले कोई वैज्ञानिक इन मान्यताओं पर विश्वास करने को तैयार नहीं था, लेकिन बीसवीं शताब्दी में अमेरिकन खगोल विज्ञानी एडविन हब्बल ने अपने प्रयोगों से सिद्ध किया कि ब्रह्माण्ड में हमारी आकाशगंगा की भांति ही अन्य आकाशगंगाएं भी हैं। इन

आकाशगंगाओं में होने वाली हलचल के सम्बन्ध में भी हब्बल ने अपने निष्कर्ष प्रस्तुत किए। हब्बल महोदय का कहना था कि अतीव दूर स्थित आकाशगंगाएं परस्पर दूर जा रही हैं अर्थात सीधा-साधा उनका कहना था कि ब्रह्माण्ड का प्रसार हो रहा है। हब्बल ने यह भी सिद्ध किया कि आकाशगंगाएं जितनी दूर होती हैं, उतनी ही अधिक गति से प्रसार पाती हैं। कहने का अर्थ यह है कि यदि आकाशगंगाएं दुगने फासले पर होंगी तो वे दुगनी गति से प्रसारित होंगी। बहुत दूर वाली आकाशगंगाएं इतनी तीव्र गति से हमसे दूर जा रही हैं कि उनकी गति प्रकाश की गति से भी अधिक है। लेकिन जो ग्रह वृत्ताकार में घूमते हैं उनके लिए आवश्यक नहीं है कि वे हमेशा दूर ही जाएंगे। वे कभी दूर जाएंगे तो कभी पास भी आएंगे।

ब्रह्माण्ड के प्रसार का यह एक पक्ष है, लेकिन ऐसा नहीं है कि केवल यही एक सम्भावना थी। क्योंकि किसी जमाने में ब्रह्माण्ड वैसा होगा जैसा आज दिखता है या उसका संकुचन हुआ होगा जिसके कारण सभी आकाशगंगाएं परस्पर निकट आई हुई होंगी और एक दूसरे से सट गई होंगी। लेकिन लोगों का कहना है कि आकाशगंगा और सितारों की इस गति से भिन्न दूसरी गति थी। सितारों के चारों ओर ग्रह होते हैं। सम्भावना यह भी है कि ग्रह निरन्तर घूमने वाले होंगे। और एकत्रित होने के स्थान पर परस्पर टकराने से पूर्व ही वे भटक गए होंगे, जिसके कारण वे बिखर गए और ब्रह्माण्ड का प्रसार हुआ तथा वैसा ही बना जैसा कि आज दिखता है।

स्टीफ़न हॉकिंग ब्रह्माण्ड के विस्तार के सम्बन्ध में भी अपना मत व्यक्त करते हैं। उनका मानना है कि ब्रह्माण्ड लगातार फैलता जा रहा है। इसके लिए वे 'डॉप्लर प्रभाव' का सहारा लेते हैं। डॉप्लर का यह प्रभाव तब उत्पन्न होता है, जब कोई वस्तु किसी दूसरी वस्तु की ओर आकृष्ट होती है, या फिर उससे दूर छिटकती है। स्टीफ़न स्पष्ट करते हैं कि डॉप्लर प्रभाव में दो रंग काम करते हैं। एक लाल रंग का प्रभाव होता है। दूसरा नीले रंग का प्रभाव होता है। जब कोई वस्तु दूर छिटकती है तो लाल प्रभाव होता है, लेकिन जब कोई वस्तु पास आती है तो नीला प्रभाव होता

है। स्टीफ़न ने डॉप्लर प्रभाव का उपयोग यह सिद्ध करने के लिए किया है कि ब्रह्माण्ड लगातार बड़ा होता जा रहा है। स्टीफ़न का मानना है कि ब्रह्माण्ड की उत्पत्ति महा विस्फोट से हुई है। महा विस्फोट एक वृहद था जिससे यह ब्रह्माण्ड अस्तित्व में आया। इस महा विस्फोट को ही **'बिग बैंग'** कहा गया है। अधिकांश विद्वान भी ब्रह्माण्ड की संरचना के लिए महा विस्फोट को ही आधार मानते हैं। कहा जाता है कि जैसे-जैसे ब्रह्माण्ड का आकार बढ़ता गया, इसके भीतर स्थित वस्तुएं ठंडी होती चली गईं। जब ब्रह्माण्ड सबसे पहले अस्तित्व में आया था तब वह भयंकर रूप से गर्म था। धीरे-धीरे तापमान घटा और वस्तुएं ठंडी होकर घनीभूत होती चली गईं।

स्टीफ़न कहते हैं कि ब्रह्माण्ड में सजीव सृष्टि का निर्माण कैसे हुआ और प्रमुख बुद्धिमान जीव कैसे बढ़ते गए? यद्यपि हम मानव वंश को बुद्धिमान कहते हैं। परन्तु इतिहास देखने पर ज्ञात होता है कि मानव का व्यवहार अधिकांश मामलों में मूखर्तापूर्ण रहा है। साधारण अनुभव बताता है कि समय जैसे-जैसे आगे बढ़ता है, वैसे ही वैसे वस्तु की स्थिति और जटिलता बढ़ती जाती है। इसी प्रकार मानव विकास का क्रम भी जटिल होता गया। जीवन एक कार्बन अणु की शृंखला है। इसके साथ ही नाईट्रोजन और फास्फोरस के अणु भी होते हैं। सही अर्थों में देखा जाए तो ब्रह्माण्ड अति सुन्दर है। इससे निष्कर्ष निकलता है कि मानव की उत्पत्ति के लिए ब्रह्माण्ड का निर्माण किया गया होगा। कहते हैं कि जब 14 अरब वर्ष पूर्व महा विस्फोट के द्वारा ब्रह्माण्ड का निर्माण हुआ तब उसमें कार्बन नहीं था। भयंकर गर्मी के कारण उसके कण केवल प्रोट्रॉन और न्यूट्रॉन के रूप में थे। इन दोनों की संख्या प्रारम्भ में समान रही होगी। विस्फोट के कारण ब्रह्माण्ड का तापमान सूर्य के तापमान के 100 गुने से भी अधिक माना गया है। इसी तापमान के कारण न्यूट्रॉन का क्षय होकर प्रोट्रॉन बने। कुछ न्यूट्रान प्रोट्रॉन पर तीव्र गति से गिरे और चिपक गए जिसके कारण नवीन द्रव्य का निर्माण हुआ जिसे हीलियम कहा गया। लेकिन प्रारम्भ में कार्बन या ऑक्सीजन नामक मूल द्रव्य नहीं थे। विस्फोट के कुछ समय बाद ब्रह्माण्ड ठंडा होता गया। अधिक वस्तुमान होने वाले स्थान पर गुरुत्वाकर्षण के कारण एकत्रण हुआ

और फैलाव भी कम हुआ। धीरे-धीरे यह फैलाव भी रुक गया। इसके बाद लगभग 2 अरब वर्षों के बाद ब्रह्माण्ड में आकाशगंगाएं और सितारे बने। चूंकि ब्रह्माण्ड सूर्य की अपेक्षा अधिक गर्म था अर्थात ब्रह्माण्ड में हाइड्रोजन और हीलियम समाप्त हो गई, जिसके कारण भारी मूल द्रव्य कार्बन व ऑक्सीजन का निर्माण हुआ। इसके बाद ब्रह्माण्ड में जीवन का उदय हुआ। पृथ्वी पर धीरे-धीरे जीव का विकास हुआ और अरबों वर्ष बाद बुद्धिमान मानव अस्तित्व में आया। इसके अतिरिक्त कुछ विद्वानों का मत है कि एक सम्भावना यह भी हो सकती है कि इस ब्रह्माण्ड में अन्यत्र कहीं जीवन विद्यामान हो और जब पृथ्वी का निर्माण हुआ तो ब्रह्माण्ड में पहले से ही विद्यमान जीवन के किसी रूप से पृथ्वी पर जीवन की शुरुआत हुई हो या पृथ्वी पर ही किन्हीं तत्त्वों से स्वस्फूर्त जीवन उत्पन्न हुआ हो। या प्रकृति की किसी दैवीय इच्छा का परिणाम हो। अन्ततोगत्वा यह बहुत बड़ा रहस्य है जिसका सटीक उत्तर आना अभी बाकी है। कुछ लोग विश्वास व्यक्त करते हैं कि ब्रह्माण्ड में हम अकेले हैं और ब्रह्माण्ड में अन्यत्र कहीं जीवन नहीं है। इसके जवाब में विद्वानों का कहना है कि पृथ्वी पर जिस तरह से जीवन की उत्पत्ति हुई है और उसका विकास हुआ उसी तरह का हमारे सौर मण्डल में और हमारी आकाशगंगा में, जितनी दूर तक हम आज तक पता लगा पाए हैं। जीवन की उत्पत्ति और उसके विकास के कोई लक्षण नज़र नहीं आ रहे हैं। स्टीफ़न का कहना है कि सम्भवतः अन्य ग्रहों पर पृथ्वी की भांति बुद्धिमान जीवों का विकास नहीं हुआ है, क्योंकि अभी तक अन्य किसी ग्रह के जीव ने पृथ्वी से सम्पर्क नहीं किया है। पृथ्वी पर मानव ने अनेक अद्‌भुत कार्य एवं खोज की हैं। यह बात प्रशंसा के योग्य है कि पृथ्वी जैसे छोटे से ग्रह के कुछ गिने-चुने नागरिक ब्रह्माण्ड के रहस्यों को समझने की कोशिश कर रहे हैं। सम्पूर्ण ब्रह्माण्ड में अनगिनत आकाश गंगाओं में से एक छोटी सी हमारी आकाशगंगा और इस छोटी आकाशगंगा का एक छोटा सा पृथ्वी जैसा ग्रह और इस ग्रह का एक छोटा प्राणी, जिसे मानव कहते हैं, वह पूरे ब्रह्माण्ड के रहस्यों का पता लगाने की कोशिश कर रहा है, तो यह प्रशंसा की ही बात है। एक कवि ने लिखा है कि **"असीम ब्रह्माण्ड का आकार बताएगा, मनुष्य का छोटा सा दिमाग।"**

ब्रह्माण्ड का स्वरूप व्यापक है

कहते हैं कि आज से 14 अरब वर्ष पूर्व ब्रह्माण्ड का कोई अस्तित्व नहीं था। पूरा ब्रह्माण्ड एक छोटे से अति सघन बिंदु में सिमटा हुआ था। अचानक एक जबर्दस्त विस्फोट हुआ और ब्रह्माण्ड अस्तित्व में आया। महा विस्फोट के प्रारंभिक क्षणों में आदि पदार्थ व प्रकाश का मिला-जुला गर्म लावा तेजी से चारों तरफ बिखरने लगा। कुछ ही क्षणों में ब्रह्माण्ड व्यापक हो गया। लगभग चार लाख साल बाद प्रसार की यह गति धीरे-धीरे कुछ धीमी हुई। ब्रह्माण्ड थोड़ा ठंडा व विरल हुआ और प्रकाश बिना पदार्थ से टकराए बे रोक-टोक लम्बी दूरी तय करने लगा, और इस प्रकार ब्रह्माण्ड प्रकाशमान होने लगा। कहते हैं तब से आज तक ब्रह्माण्ड हजार गुना अधिक विस्तार ले चुका है।

आकाशगंगाओं में केवल अरबों-खरबों तारे ही नहीं बल्कि धूल व गैस के विशाल बादल बिखरे पड़े हैं। सैकड़ों प्रकाशवर्ष दूर तक फैले इन बादलों में लाखों तारों के पदार्थ सिमटे हुए हैं। इन्हें निहारिकाएं कहते हैं। यह सैकड़ों भ्रूण तारों को अपने गर्भ में समेटे रहती हैं। हमारी अपनी आकाशगंगा में भी हजारों निहारिकाएं हैं, जिनसे हर पल सैकड़ों तारे पैदा होते रहते हैं। तारों की भी एक निश्चित आयु होती है। सूर्य जैसे मध्यम आकार के तारों की जीवन यात्रा लगभग 10 अरब वर्ष लम्बी है। सूर्य से आधे आकार के तारों की उम्र इससे भी दुगुनी होती है। पर भारी भरकम तारों की जीवन लीला कुछ करोड वर्षों में ही समाप्त हो जाती है। तारों का अंत सुपरनोवा विस्फोट के रूप में होता है।

आधुनिक खगोलशास्त्र का उदय

सन 1929 में एडविन हब्बल और मिल्टन हुमासान ने एक महत्त्वूपर्ण खोज की। उन्होंने पाया कि दूरस्थ आकाशगगांओं के प्रकाश में विशेष रहस्य छिपे हैं। हब्बल व हुमासान ने आकाशगंगाओं की दूरी और इनकी गति का तुलनात्मक अध्ययन किया। जिससे पता चला कि सुदूर अंतरिक्ष में बिखरी पड़ी अनगिनत आकाशगगाएं हमसे जितनी दूर हैं उतनी ही अधिक तेजी से वह और दूर भाग रही हैं। इस खोज ने यह स्पष्ट कर दिया कि हमारी

आकाशगंगा से परे न सिर्फ पूरा ब्रह्माण्ड व्यापक जांच-पड़ताल की प्रतीक्षा में है बल्कि यह लगातार फैलता जा रहा है। इस खोज ने ब्रह्माण्ड की उत्पत्ति की जड़ तक पहुंचने में सफलता दिलाई और यह तथ्य उभरकर सामने आया कि पूरा का पूरा ब्रह्माण्ड कभी एक अति सघन छोटे से बिंदु में सिमटा हुआ था। इसकी महा विस्फोट से शुरुआत हुई और तभी से यह लगातार फैलता जा रहा है। नजदीकी तारों का प्रकाश कुछ वर्षों में हम तक पहुंचता है और दूरस्त आकाशगंगाओं का प्रकाश हम तक पहुंचने में अरबों साल लग सकते हैं। हम आकाशगंगाओं के जो दृश्य देखते हैं वह करोड़ों अरबों साल पहले का होता है, क्योंकि प्रकाश इतने ही वर्षों में हम तक पहुंचता है। इस लंबी दूरी को व्यक्त करने के लिए प्रकाश वर्ष एक प्रचलित पैमाना है।

ब्रह्माण्ड का भविष्य

ब्रह्माण्ड का आने वाले समय में क्या भविष्य है, यह सबसे महत्वपूर्ण प्रश्न है? क्या अनंत ब्रह्माण्ड अनंतकाल तक विस्तार लेता ही जाएगा। सैद्धांतिक दृष्टि से इस बारे में तीन तस्वीरें उभरती हैं। सुदूर में अदृश्य व दृश्य पदार्थ के वर्चस्व में गुरुत्व बल भारी पड़ा और ब्रह्माण्ड के फैलने की गति धीमी हुई। ब्रह्माण्ड के बढ़ते आकार में धीरे-धीरे पदार्थों की ताकत घटने लगी और अदृश्य ऊर्जा रूपी विकर्षण शक्ति अपना प्रभाव जमाने लगी। फलतः ब्रह्माण्ड के फैलने की दर तेज हुईं अगले 100 अरब साल तक यदि यह दर स्थिर भी रहे तो बहुत सी आकाशगांओं का अंतिम प्रकाश भी हम तक नहीं पहुंच पाएगा। अदृश्य प्रभुत्व बढ़ने पर फैलने की दर तेज होती हुई आकाशगंगाओं, सौर परिवार, ग्रहों, हमारी पृथ्वी और इसी क्रम में अणुओं के नाभिक तक को नष्ट-भ्रष्ट कर देगी। इसके बाद क्या होगा इसकी कल्पना करना भी मुश्किल है। लेकिन यदि अदृश्य ऊर्जा के पतन से पदार्थों का साम्राज्य पुनः स्थापित होता है यानि पदार्थ सघन होकर गुरुत्वीय प्रभाव को और अधिक बलशाली बना देते हैं तो दूरस्थ आकाशगंगाएं भी हमें आसानी से नज़र आने लगेंगी। यदि अदृश्य ऊर्जा ऋणात्मक हो जाती है तो ब्रह्माण्ड पहले धीरे-धीरे और फिर तेजी से अपने आदिस्वरूप के छोटे बिंदु में सिमटने के लिए विवश होगा। निर्वात भौतिकी या शून्यता ब्रह्माण्ड का भविष्य निश्चित करेगी।

हिन्दू धर्म के अनुसार ब्रह्माण्ड

ब्रह्माण्ड शब्द का अर्थ खगोल से लिया जाता है। अगर हम भौतिक रूप से ब्रह्माण्ड को समझना चाहें तो हम ब्रह्माण्ड को सरल भाषा में ऐसे परिभाषित कर सकते हैं कि ब्रह्माण्ड वह है जिसके क्षेत्र में सम्पूर्ण ग्रह, उपग्रह, तारे आदि स्थित हैं और इस क्षेत्र के अस्तित्व का मूल आधार वे सारे तत्त्व हैं, जिनके द्वारा ब्रह्माण्ड में स्थित सम्पूर्ण ग्रह, उपग्रह, तारें आदि निर्मित हैं। ब्रह्माण्डीय क्षेत्र और सम्पूर्ण ग्रह, उपग्रह, तारों आदि के मध्य मात्र इतना सा अन्तर है कि ब्रह्माण्डीय क्षेत्र, तत्त्वों के 'मूल' रूप से निर्मित हैं जो कि स्वतन्त्र हैं, जबकि सम्पूर्ण ग्रह, उपग्रह, तारे आदि इन्हीं तत्त्वों के किसी कारण वश आपस में जुड़ने और जुड़ कर टूटने से निर्मित हैं।

विष्णु पुराण के अनुसार ब्रह्माण्ड

विष्णु पुराण में बताया गया है-

- यह ब्रह्माण्ड कपित्थ (कैथे) के फल की भांति, अण्डकटाह से घिरा हुआ है।
- यह कटाह अपने से दस गुने परिमाण के जल से घिरा हुआ है।
- यह जल अपने से दस गुने परिमाण के अग्नि से घिरा हुआ है।
- यह अग्नि अपने से दस गुने परिमाण के वायु से घिरा हुआ है।
- यह वायु अपने से दस गुने परिमाण के आकाश से घिरा हुआ है।
- यह आकाश अपने से दस गुने परिमाण के तामस अंधकार से घिरा हुआ है।
- यह तामस अंधकार अपने से दस गुने परिमाण के महत्त्व से घिरा हुआ है।
- महत्त्व अपरिमेय, असीमित है।

तत्त्वों के वृहद् से वृहदत्तर रूप से निर्मित सम्पूर्ण ग्रह, उपग्रह, तारे आदि

जो ब्रह्माण्ड के एक-एक अंग हैं, इनका वर्गीकरण मानव ने इनकी प्रकृति के अनुसार किया है। भारत के ऋषियों ने इन तारों और ग्रहों के विषय में खगोल शास्त्र के माध्यम से लगभग 2200 साल पहले ही पता लगा लिया था। भगवत पुराण के अनुसार ऋषि वराहमिहिर ने 27 नक्षत्र, 7 ग्रहों तथा ध्रुव तारे को बेधन के लिए एक जलाशय में मेरू स्तम्भ का निर्माण करवाया था। इस मेरू स्तम्भ में 7 ग्रहों के लिए 7 मंजिल और 27 नक्षत्रों के लिए 27 रोशनदानों का निर्माण काले पत्थरों से करवाया गया था तथा इसके चारों तरफ मन्दिर स्वरूपी 27 वेधशालाएं स्थापित की गई थीं।

5

विज्ञान बनाम अध्यात्म

ब्रह्माण्ड को जानने की जिज्ञासा सभी को प्रारंभ से ही रही है। यह ब्रह्माण्ड आख़िर है क्या? कब इसकी उत्पत्ति हुई? कौन इसका सृजेता है? और कब तक यह अपने अस्तित्व में रहेगा? इसकी समाप्ति के पश्चात क्या होगा? और कौन इस विराट और व्यापक ब्रह्माण्ड को समाप्त करेगा? ऐसे तमाम प्रश्न मानव मन को सदा से कुरेदते रहे हैं और मनुष्य इनके समाधान में, इनकी गुत्थियों को सुलझाने में सदा से प्रयत्नशील रहा है। विज्ञान इन प्रश्नों को अपने ढंग से सुलझाता है, फिर भी उसके कुछ प्रश्न अनुत्तरित रह जाते हैं, परंतु विज्ञान का मॉडल बड़ा रोचक है, जो अनगिनत आविष्कारों का माध्यम रहा है। यद्यपि इन सवालों का समग्र समाधान अद्वैत वेदांत में मिलता है, परंतु दोनों की खोज की अपनी विशेषताएं हैं।

दोनों का रास्ता एक ही है

सृष्टि विज्ञान और अद्वैत वेदांत, दोनों ही एकमत हैं कि सृष्टि जहां से उद्भुत हुई, उसे ब्रह्माण्ड कहते हैं। दोनों कहते हैं कि ब्रह्मांड में विस्फोट हुआ। इस विस्फोट को बिग बैंग कहते हैं। यह महा विस्फोट अत्यंत सूक्ष्म अंड से हुआ, परंतु इसका तापमान अकल्पनीय था। तापमान के कम होने के क्रम में पदार्थ बना। फिर तारे, आकाशगंगा, नीहारिकाएं, धूमकेतु बने

और अंत में सौरमंडल बना। बाद में हमारी पृथ्वी अस्तित्व में आई और फिर जीवों की उत्पत्ति हुई। सृष्टि की यह प्रक्रिया सतत् विकसित हो रही है। विज्ञान कहता है कि एक दिन ऐसा होगा कि यह सृष्टि एक बिंदु पर आकर ठहर जाएगी और फिर वहीं से संकुचित होकर अपने मूलस्थान की ओर लौटेगी। वैज्ञानिक सृष्टि के इस संकुचित होने की प्रक्रिया को 'बिग-क्रंच' कहते हैं।

सृष्टि भविष्य में जिस बिंदु पर ठहरकर फिर से वापस लौटेगी, वैज्ञानिक अभी तक इसकी कल्पना नहीं कर पाए हैं, परंतु सृष्टि संकुचित होकर जिस बिंदु तक पहुंचेगी, वैज्ञानिक उसे 'सिंगुलेरिटी' कहते हैं। अर्थात सिंगुलेरिटी वह बिंदु है, जहां सृष्टि संकुचित होकर वापस आएगी और फिर से उस बिंदु से प्रसार करेगी। यह प्रक्रिया बारंबार चलती रहेगी। इस प्रसार एवं संकुचन-प्रक्रिया को 'एड इन्फीटम' कहते हैं और इस प्रक्रिया से बढ़ती-घटती सृष्टि को 'पल्सेटिंग यूनिवर्स' कहते हैं।

इस सृष्टि की उत्पत्ति के पूर्व क्या था? वैज्ञानिक ब्रह्माण्ड की उत्पत्ति के पूर्व की स्थिति के प्रति अत्यंत असमंजस में हैं कि आख़िर यह महाअंड कहां से पैदा हुआ? कहां पर स्थिर हुआ? उनके अनुसार स्पेस और टाईम तो 'बिग बैंग' के बाद अस्तित्व में आए। अतः जब स्पेस था ही नहीं तो फिर यह महाअंड कहां पर स्थिर था? और इसमें क्यों विस्फोट हुआ? किसने इसे विस्फोटित किया? यह प्रश्न अभी तक वैज्ञानिकों के लिए एक पहेली बने हुए हैं। वे इनका उत्तर देने में इसलिए घबराते और डरते हैं, क्योंकि इनके जवाब में एक ऐसी बात आगे आ जाती है और वे उस बात को लाना नहीं चाहते हैं। वह तत्त्व हैं भगवान। यद्यपि भगवान के साथ प्रश्नों का समाधान है, परंतु वैज्ञानिक विज्ञान को धर्म से जुदा रखना चाहते हैं और अभी यह दूरी बनी हुई है।

अद्वैत वेदांत इन सवालों का संपूर्ण समाधान देता है, परंतु वह सृष्टि विज्ञान के 'सिंगुलेरिटी' मॉडल पर विश्वास नहीं करता है। विज्ञान वह मॉडल बनाकर प्रसन्न है, जिसमें सृष्टि का प्रारंभिक एवं अंतिम बिंदु है। वे मानते हैं कि उन्होंने सृष्टि की उत्पत्ति और अंत के गूढ़ रहस्य को, इस

मॉडल से सुलझा लिया है और भगवान की परिकल्पना को इस सिद्धान्त से दूर रखा है। वे खुश हैं कि उनके सिद्धांत में भगवानरूपी विवादास्पद शब्द का प्रवेश नहीं हुआ, परंतु इसके दार्शनिक पहलू से वैज्ञानिक उतने ही उलझे हुए हैं, जैसे शिकारी को देखकर शुतुरमुर्ग रेत में अपना सिर छिपा लेता है और समझता है कि वह शिकारी की पहुंच से दूर हो गया है। जहां से सृष्टि प्रारंभ होती है और समाप्त भी, वह कुछ चीज़ है ज़रूर, जिसे शून्य नहीं मान सकते हैं। विज्ञान ऐसा कोई उपकरण आज तक नहीं बना सका है, जिससे कि कोई चीज़ सिकुड़ती हुई जीरो वॉल्यूम तक पहुंच जाए। अद्वैत वेदांत में यह अवधारणा है कि सृष्टि का आकार अंत में शून्य में समा जाएगा और शून्य से ही इसकी उत्पत्ति होती है। सृष्टि जिसमें समा जाती है, वेदान्त उसे माया कहता है।

सृष्टि विज्ञान में प्रलय की परिकल्पना अभी तक नहीं बन सकी है, क्योंकि ऐसा मॉडल बनाने में गणितीय समस्या पैदा हो जाती है। सृष्टि विज्ञान के लिए तो यह भी एक पहेली ही है कि विश्वरूपी यह मशीन किस प्रकार लगातार चल रही है, क्योंकि इसे भी थर्मोडायनेमिक्स के प्रथम एवं द्वितीय सिद्धांत के अंतर्गत नहीं समझा जा सकता है। इसमें कई गुत्थियां हैं। बस, यह जान लेना पर्याप्त होगा कि इस सिद्धांत से सृष्टि को चलाने के लिए जितनी ऊर्जा की ज़रूरत है और इस ऊर्जा की खपत से जो ऊष्मा निकलती है, उसका क्या होता है? समझना मुश्किल है।

अद्वैत वेदांत उपर्युक्त सभी प्रश्नों का सार्थक समाधान देता है। प्रलय की परिकल्पना में वेदांत कहता है कि पदार्थ सबसे पहले तरल पदार्थ में रूपांतरित होता है। इससे उत्पन्न अत्यधिक ऊष्मा के कारण द्रव गैस में बदल जाता है। गैस में उपस्थित हाइड्रोजन प्लाज्मा अवस्था में पहुंच जाता है। यह प्लाज्मा ऊर्जा में परिवर्तित होकर आकाश में विलीन हो जाता है और आकाश प्राण में विलीन हो जाता है। प्रलय के पश्चात फिर एक नई सृष्टि की उत्पत्ति होती है। सृष्टि विज्ञान के अनुसार इस सुंदर सृष्टि का कोई सृजेता नहीं है, बल्कि यह प्रक्रिया प्राकृतिक रूप से स्वतः संचालित है। 'बिग-बैंग' से बिग-क्रंच एवं सिंगुलेरिटी तथा पदार्थ व जीवों का विकास सभी प्रकृति के नियम से नियंत्रित एवं नियमित हैं। इस प्रक्रिया

में भगवान का कोई हाथ नहीं है। सृष्टि का रचनाकार कौन है? यदि इसका कोई रचयिता नहीं है तो फिर इतने क्रमबद्ध रूप से यह कैसे गतिमान है? कौन है, जो ब्रह्माण्ड के इलेक्ट्रॉन, प्रोट्रॉन से आकाशगंगा तक को एक सूत्र में बांधे हुए है? इनमें से एक का भी विक्षोभ भंयकर तबाही मचा सकता है, परंतु सभी अपनी कक्षाओं में अनुशासित ढंग से परिचालित है। अद्वैत वेदांत पुरजोर घोषणा करता है कि ईश्वर ही इस सृष्टि का सृजेता है। वही सृष्टिचक्र को नियमित, नियंत्रित एवं संचालित करता है। उसी के संकल्प से ब्रह्माण्ड का जन्म होता है। ईश्वर सत्, रज, तम की साम्यावस्था में विक्षोभ पैदा करता है और विकास की प्रक्रिया चलती रहती है।

ईश्वर ही हिरण्यगर्भ के रूप में ब्रह्माण्ड में प्रवेश करता है। हिरण्यगर्भ के रूप में ब्रह्माण्ड में महा विस्फोट की प्रक्रिया को संपादित करता है, जिसका प्रथम द्रष्टा एवं साक्षी केवल ईश्वर ही है। ईश्वर प्रजापति ब्रह्मा के रूप में सृष्टि की रचना करता है, जिसमें पदार्थ से लेकर जीवों की उत्पत्ति एवं विकास तक सम्मिलित है। विष्णु के रूप में वह इस सृष्टि का पोषण एवं संरक्षण करता है तथा महारुद्र बनकर इसका प्रलय करता है। इस प्रकार सृष्टि की उत्पत्ति एवं विनाश की प्रक्रिया ईश्वर के मार्गदर्शन में चलती रहती है। सृष्टि विज्ञान के रहस्य का सारा समाधान अद्वैत वेदांत में निहित है। अतः कॉस्मोलॉजी को अद्वैत वेदांत के साथ मिलकर सभी तरह की खोज करनी चाहिए। यही विज्ञान एवं धर्म का मिलन बिंदु सिद्ध होगा और सृष्टि के अनेक गूढ़ रहस्यों से पर्दा उठ पाएगा। अकेले-अकेले दोनों भटकते रहेंगे।

ब्रह्माण्ड कितना विराट, विस्तृप्त और असीम है कि इसे न तो शब्दों में व्यक्त किया जा सकता है और न उसका पूर्णतः पता लगाया जा सकता है। फिर भी उसकी निर्धारित नियम-व्यवस्था और अनुशासन को देखकर यही कहा जा सकता है कि इसके निर्माण और सुचारु रूप से संचालन में संलग्न, किसी महान सत्ता का हाथ है। उस शक्ति - सत्ता को समझना तो दूर, उसकी माया अर्थात संरचना शक्ति को भी समझ सकने में मानवीय बुद्धि असफल ही रही है। पुराणों और ग्रन्थों में ऐसे अनेकों प्रसंग

भरे पड़े हैं, जिनके आधार पर ब्रह्माण्ड की अपरिमितता का आभास अनायास ही होने लगता है। गोस्वामी तुलसीदास ने माया की उपमा गूलर वृक्ष से की है। गूलर का फल ब्रह्माण्ड का प्रतीक और मानवीय अस्तित्व उसमें समाविष्ट, भुनगे (छोटे-छोटे कीट) हो सकते हैं। राजा जनक के यहां धुनष यज्ञ के समय रघुवंश की अवमानना न सह सकने के कारण, लक्ष्मण जी ने क्रोधित होकर ब्रह्माण्ड को गेंद समझकर उठा लेने अथवा कच्चे घड़े की तरह फोड़, फेंकने का संकल्प व्यक्त किया था। काकभुशुंडि ने भगवान राम के अंदर पहुंच कर अनेकानेक ब्रह्माण्डों का दिग्दर्शन किया था। आख़िर इतने विराट ब्रह्माण्ड में मानव का अस्तित्व इतना क्षुद्र हो तो सृष्टा की सामर्थ्य और शक्ति को जान व समझ सकना, उसके लिए किस तरह संभव हो सकता है।

छोटे से बीज में वृक्ष का विशालकाय कलेवर छिपा रहता है। एक शुक्राणु में मनुष्य का समूचा ढाँचा पूरी तरह सन्निहित है। अणु की नगण्य-सी सत्ता में समूचे ब्रह्माण्ड की प्रक्रिया पूर्णरूपेण विद्यमान है। विश्वसिद्ध कवि विलियम ब्लेक ने अपनी कविता में एक धूलकण के अंतर्गत ही समस्त विश्व-ब्रह्माण्ड के समाविष्ट होने को मूर्तिमान कर दिखाया है। 'कैंब्रिज यूनिवर्सिटी' के खगोल भौतिकी विभाग की मूर्धन्य वैज्ञानिक मार्गरेट गैलर एक दिन तन्मय होकर, कपड़े-बरतनों की धुलाई-सफाई में जुटी थीं। अचानक ही उनकी दृष्टि साबुन के बुलबुलों पर पड़ी। उनकी फैलने-फूटने की क्रिया-प्रक्रिया को देख कर गैलर इतनी आश्चर्यचकित हो उठीं कि उनके मस्तिष्क में समूचे ब्रह्माण्ड की संरचना का दृश्य कौंध गया। उन्होंने अपना मत प्रकट करते हुए कहा कि वस्तुतः सुपरनोवा तारों के विस्फोट से निकलने वाला पदार्थ, नाभिकीय ईंधन भर हो सकता है, जो साबुन के बुलबुलों की तरह निरंतर जन्मते-मरते रहते हैं। दार्शनिकों की तरह वे यह भी मानने लगे हैं कि जो जन्मता है, उसकी मृत्यु भी निश्चत रूप से होती है। यूरोपीय हाई-एनर्जी फिजिक्स रिसर्च सेंटर जिनेवा के वैज्ञानिक भी अपनी गणनाओं के द्वारा ब्रह्माण्ड की अवधि का निर्धारण कर चुके हैं। उनके मतानुसार लगभग 14 अरब वर्ष पूर्व ब्रह्माण्ड का जन्म हुआ था और अब कभी न कभी उसका अंत भी होना है।

भारत की अग्रणी संस्था 'टाटा इन्स्टीट्यूट ऑफ फंडामेंटल रिसर्च सेंटर' के जाने-माने विज्ञानवेत्ता प्रो. जयंत नार्लीकर के अनुसार ब्रह्माण्ड का विस्तार मापा नहीं जा सकता। उसे केवल समय ही माप सकता है, क्योंकि जब वह एक मूल बिंदु से विकसित होना आरंभ हुआ था, तब से आज तक बढ़ता ही जा रहा है। समूचे ब्रह्माण्ड को जान पाना तो दूर, उसे देख पाना भी अभी संभव नहीं हुआ है। यद्यपि ब्रह्माण्ड को पूर्ण रूप से देखने-समझने के लिए मानवी जिज्ञासा अब इस प्रयास में लगी है कि सौरमंडल के बाहर निकल कर विशाल ब्रह्माण्ड की झांकी देखी जाए, परन्तु इस अभिलाषा की पूर्ति कब तक हो पाएगी, अभी कुछ कहा नहीं जा सकता। अभी तो मानव सौरमंडल तो दूर, पृथ्वी तक की पूर्ण जानकारी उपलब्ध नहीं कर पाया है। अब तक अंतरिक्ष विज्ञान के क्षेत्र में किए गए अनुसंधान अपूर्ण एवं अधूरे ही रहे हैं।

कुछ वैज्ञानिकों ने पृथ्वी को चपटी और असीम बताया है। कुछ वैज्ञानिकों ने धरती को गोल बताया है। सूर्य को भी असीम शक्ति का भंडार कहा है, परन्तु यह भी विराट ब्रह्माण्ड के महासंचालक महा सूर्य से अपनी शक्ति प्राप्त करता है, जैसे कि पृथ्वी सौरमंडल के अधिष्ठाता अपने सूर्य से शक्ति प्राप्त करती है। जिस तरह लहरों का पृथक अस्तित्व देखने पर भी वे वस्तुतः समुद्र की विशाल जलराशि की ही छोटी-छोटी इकाईयां होती हैं। जिस तरह किरणों का समन्वय ही सूर्य है। व्यक्तियों का समूह ही समाज है। राष्ट्रों की संघबद्ध व्यवस्था ही विश्व कहलाती है। उसी प्रकार सृष्टि के सबसे छोटे घटक अंड या अणु-परमाणु कहलाते हैं। इन्हीं का विशाल समुच्चय ब्रह्माण्ड है। अब सभी लोग इस दर्शन को मानने लगे हैं।

इन दिनों विश्व के महान खगोलशास्त्री इस खोज में जुटे हुए हैं कि क्या यह सृष्टि और यहां के निवासी ही अंतिम संरचना हैं या और भी कोई ब्रह्माण्ड है, जहां हमसे भी अधिक विकसित सभ्यता विद्यमान है। नक्षत्रों के आस-पास चक्कर काट रहे उल्का पिंडों की स्थिति को निरखने-परखने के लिए, इन्फ्रारेड तरंगों को खोज निकाला गया, लेकिन उनकी पहुंच एवं प्रभावी क्षमता सीमित रह गई। बाद में अंतर्ग्रही परिस्थितियों को समझने के

लिए रेडियो-संदेशों को पकड़ना अधिक महत्वपूर्ण एवं प्रभावशाली विकल्प माना जाने लगा। अमेरिका की 'नासा' संस्था ऐसी दूरबीन बनाने में संलग्न है, जो हजारों मेगाहर्ट्ज दूर के संकेतों को सुगमतापूर्वक पकड़ सके। वैज्ञानिकों की यह योजना सूर्य जैसे कम से कम एक हजार नक्षत्रों की स्थिति से अवगत होने की है, जो पृथ्वी से अस्सी प्रकाश वर्ष की दूरी पर स्थित हैं, अर्थात साढ़े नौ खरब किलोमीटर की दूरी पर स्थित नक्षत्रों के जीवन काल तथा परिस्थितियों की खोज-बीन कर सके। इसके लिए विशालकाय एवं अत्यंत उच्च क्षमता वाले टेलिस्कोप का निर्माण भी किया जा रहा है, जो अतिसूक्ष्म रेडियो संकेतों-संदेशों को भी पकड़ सकने में पूर्णरूपेण सक्षम हो सके।

आस्ट्रिया के सुप्रसिद्ध वैज्ञानिक विक्टर फ्रांज हेंस ने ब्रह्माण्डीय किरणों की खोज करके, अंतरिक्ष विज्ञान की उपलब्धियों में एक और महत्वपूर्ण कड़ी जोड़ी है। उन्होंने तीन लाख किलोमीटर प्रति मिनट की रफ्तार से चलकर अन्य नक्षत्रों के संदेशों को पृथ्वी तक लाने वाली तरंगे खोज निकाली हैं। ब्रह्माण्ड भौतिकी की मान्यताओं के अनुसार-दस हजार ब्रह्माण्डीय किरण नाभिक प्रतिमिनट पृथ्वी के एक वर्गमीटर की परिधि में गिरकर, अपनी प्रभावी क्षमता का परिचय देते हैं। जर्मनी के महान मनीषी गेले ने इसी प्रेरणा से अविभूत होकर नैप्चून ग्रह की खोज कर डाली। उनका कहना है कि अंतर्ग्रही परिस्थितियां न केवल भूलोक के वायुमंडल को प्रभावित करती हैं, वरन मानवीय विचारधारा भी इससे अछूती नहीं रह सकती। मानवी अंतःकरण में समाविष्ट चेतन तत्त्व वस्तुतः विराट ब्रह्म का ही एक सूक्ष्म घटक या प्रतिबिंब है। उसे प्रखर एवं परिष्कृत बनाकर ही सृष्टि रहस्यों सहित विश्वात्मा की झलक पाई जा सकती है।

कहा जाता है कि इस ब्रह्माण्ड में दो शक्ति-सत्ताएं आच्छादित हैं। एक जड़ दूसरी चेतन। इन्हीं को प्रकृति और पुरुष तथा स्थूल और सूक्ष्म भी कहते हैं। इन दोनों का पृथक-पृथक अस्तित्व और महत्त्व हैं, पर सुयोग तभी बनता है जब वे एक-दूसरे की सहायक बनकर, संयुक्त शक्ति के रूप में विकसित होती और अपने चमत्कार दिखाती हैं।

उदाहरण के लिए शरीर को ही लिया जाए। काया पंचतत्त्वों द्वारा

विनिर्मित हैं। अंग-अवयवों में रक्त-मांस, तंतु-झिल्ली, अस्थिमज्जा का मिलन-एकीकरण है। इसलिए उनसे इच्छानुरूप काम कराया जा सकता है। लेकिन यह कार्य कौन करा लेता है। इसके पीछे एक चेतना काम करती है। उसी का अचेतन भाग श्वास-प्रश्वास, निमेष-उन्मेष, आकुंचन-प्रकुंचन, सुषुप्ति-जागृति आदि की व्यवस्था बनाता रहता है। उसी का दूसरा पक्ष है-सचेतन। जो सोचता, निर्णय करता और इच्छानुरूप कार्य करने का आदेश देकर, अनेकानेक क्रिया-कृत्य संपन्न करता है। शरीर तो कठपुतली मात्र है।

कहने का मतलब यह है कि जड़ और चेतन का समन्वय ही कोई सार्थक स्थिति का निर्माण करता है, अन्यथा इस विशाल ब्रह्माण्ड में बिखरा पड़ा पदार्थ तत्त्व भी अपनी अस्त-व्यस्तता और कुरूपता का ही परिचय देता है। धरती पर ठोस रूप में, जलाशयों में द्रव रूप में और आकाश में वाष्पीभूत स्थिति में पदार्थ सत्ता बेतुके रूप में बिखरी पड़ी रहती है। थल, जल और नभ के क्षेत्र में यदि चेतना का हस्तक्षेप न हुआ होता तो यहां अभी भी लगभग वैसा ही नजारा होता जैसा अनादिकाल में ब्रह्माण्ड निर्माण से पूर्व रहा होगा।

हर परिस्थिति में देखा गया है कि जड़ और चेतन का उचित संयोग ही सब प्रकार अभीष्ट है। जीवन यात्रा के सुसंचालन तक में चेतना की आवश्यकता पड़ती है, तभी वे सुंदर, सुव्यवस्थित और उपयोगी होने का परिचय दे पाते हैं। भूमि को समतल बनाकर, घास किस्म की वनस्पतियों को अन्न के रूप में खाद्य का प्रमुख आधार बना देना मनुष्य का ही कौशल है। खेत और उद्यान अपने आप नहीं बन पड़ते, उनमें मनुष्य का समुचित श्रम और कौशल नियोजित होता है। बीजों और फलों को प्रस्तुत करने और उपयोग में लिए जाने की कला मनुष्य की अपनी कुशलता है। जलाशय जहां-तहां होते हैं। धरती के भीतर भी पानी बहुत गहरा है, उसे दैनिक उपयोग में लाने के लिए घरों में संग्रह कर रखना मनुष्य का अपना कौशल है। आकाश में विद्यमान हवा और तापमान से संतुलित लाभ लेने के लिए मकान उसी ने बनाए हैं। तापमान की चिंगारी से लेकर ज्वाला में बदल लेने की क्रिया का श्रेय मनुष्य को है। यद्यपि अग्नि एवं बिजली

का अस्तित्व अनादिकाल से सृष्टि में विद्यमान था, पर उसका उद्घाटन तो मनुष्य ने ही किया है और उन सबका विविध प्रयोजनों के लिए, उपयोग कर सकने का कौशल उसी के पुरुषार्थ ने संभव कर दिखाया है।

यह बात हमेशा से ही स्पष्ट रही है कि प्रकृति के ठोस, द्रव और व्यापक कलेवरों में शक्ति-सामर्थ्य कितनी ही क्यों ने हो, पर उनका लाभ लेना मानवी चेतना के कौशल पर ही निर्भर रहा है। प्रारंभ से लेकर अब तक प्रकृति की शक्तियों का रहस्योद्घाटन, सुनियोजन और महत्वपूर्ण उपयोग बन पड़ना संभव बनाने वाली कुशलता का नाम ही विज्ञान है। इस चमत्कारी उपलब्धि को जड़-चेतन का समन्वय भी कह सकते हैं। इसी के बल पर यह प्रगति संभव हुई है। जिसके आधार पर इस धरातल पर सर्वत्र सुख-साधनों के अंबार खड़े हो गए हैं। उनके सहारे मनुष्य अपने को सर्वश्रेष्ठ, शक्ति संपन्न एवं धरातल को अधिष्ठाता बनाने का दावा करता देखा जाता है। यह दावा किसी सीमा तक सही भी है। वन्य पशुओं और मनुष्यों की तुलनात्मक समीक्षा करने पर सहज ही जाना जा सकता है कि पदार्थ को सुनियोजित करने की क्षमता जिसे हम विज्ञान कहते हैं, कितना सशक्त-समर्थ और सुविधाओं से भरा-पूरा है।

पदार्थ की अपनी स्वतंत्र सत्ता है। इसी प्रकार चेतना के भी स्रोत-उद्गम और कार्यक्षेत्र पृथक हैं। इस पृथकता के रहते हुए भी संसार इतना सुंदर और सुविधा-साधनों से भरा-पूरा बन सका, उसका श्रेय उस विज्ञान को ही दिया जा सकता है। सामान्य प्राणियों की तुलना में मनुष्य कहीं अधिक सुखी-समृद्ध है। यह तभी बन पड़ा जब विज्ञान का उद्भव करना और उससे लाभ उठाने की प्रक्रिया को अधिकाधिक सफलतापूर्वक संपन्न करना संभव हुआ।

एक और भी बड़ी बात विचारणीय रह जाती है कि पदार्थ का उपयोग जानना ही पर्याप्त नहीं, उसका सदुपयोग भी समझा जाना चाहिए। यह विभाजन रेखा मात्र पदार्थ तक ही सीमित नहीं है, वरन स्वयं चेतना के ऊपर भी लागू होती है। इन दोनों महा शक्तियों का यदि सदुपयोग न बन पड़े, तो फिर दूसरा पक्ष दुरुपयोग ही रह जाता है। विज्ञान

को शक्ति और साधन उत्पन्न करने का श्रेय तो है, पर वह स्वयं इस स्थिति में नहीं है कि सदुपयोग और दुरुपयोग का अंतर कर सके। देखा गया है कि तात्कालिक लाभ की संकीर्णता प्रायः ऐसे सघन आवरण से भरी-पूरी होती है कि उसे दूरवर्ती परिणामों की समझ-बूझ प्रायः नहीं के बराबर होती है। इसलिए प्रलोभनों, आकर्षणों, लिप्साओं की प्रबलता, उपलब्ध शक्तियों का दुरुपयोग करने के लिए ही घसीट ले जाती है।

देखा जाए तो पदार्थ से भी अधिक शक्तिवान है चेतना। उसी का कौशल और चमत्कार है कि पदार्थ को अनगढ़ से सुघड़ स्थिति तक पहुंचाने में सफलता प्राप्त हुई विज्ञान की जन्मदात्री होने पर भी यह चेतना स्वयं के सम्बन्ध में भी कम दिग्भ्रांत नहीं रहती।

इस संदर्भ में एक ही आधार कारगर हो सका है और वह है आत्मसमीक्षा। निष्पक्ष भाव से समीक्षा कर सकने की क्षमता। आत्मसुधार और आत्मनिर्माण के लिए उभारा गया प्रचंड साहस। इसे पुरातन भाषा में 'अध्यात्म' कहते हैं। विज्ञान वैभव का सदुपयोग और आत्म चेतना का परिष्कार यह दोनों ही प्रयोजन जिस आधार पर सिद्ध हो सकें, उसे एक शब्द में अध्यात्म कहा जाता है।

लोक व्यवहार में अध्यात्म और विज्ञान की दो पृथक धाराएं बन गई हैं। दोनों ने अपने-अपने दुर्ग अलग-अलग खड़े कर लिए हैं भ्रांतियां सवार हैं। दोनों जिस भी स्थिति में हैं अपने को पूर्ण मानकर चल रहे हैं। जिस प्रकार बंटे हुए आदम स्तर के कबीले एक-दूसरे के प्रति सहयोग और सहानुभूति रखने की आवश्यकता नहीं समझते, उसी प्रकार दोनों वर्ग के सत्ताधारी यह सोच बना लेते हैं कि वे अपने आप में पूर्ण हैं। उन्हें दूसरे पक्ष की उपयोगिता समझने के लिए चिंतन की ज़रूरत महसूस नहीं होती। दोनों समझते हैं कि विपक्षी को निराधार और हेय ठहराने के लिए जितने तर्कों के तीर चलाए जा सकते हों, उन्हें चलाने में कोर-कसर न रखी जाए। पिछली शताब्दियों में यही होता भी रहा है। जब अध्यात्म का किला मज़बूत था, तब उसके बुर्जों पर बैठे तोपची विज्ञान को आसुरी मायाजाल बताते रहे। शैतान की करतूत भी बताते रहे। अभ्यास प्रक्रिया की सीमा

से आगे बढ़कर जब विज्ञान ने अपने नए अनुसंधानों को यथार्थवादी बताया तो उन्हें झुठलाया ही नहीं गया, वरन त्रास देने में भी कुछ उठा न रखा गया।

अब इस शताब्दी में विज्ञान ने बाजी मार ली है और अपने आविष्कारों के आधार पर मिलने वाली सुविधाओं के चमत्कार से सर्वसाधारण का मन मोह लिया है, तो उसने भी अपने विरोधी के प्रति कमर कसने में कोई कसर बाकी नहीं रखी है।

वैज्ञानिक क्षेत्रों में अध्यात्म को अंधविश्वास, कल्पनाओं की उड़ान और प्रतिगामियों का बौद्धिक षड्यंत्र कहना शुरू कर दिया है। धर्म को अफीम की गोली और तत्त्वदर्शन को भ्रांतियों की पिटारी ठहराना शुरू कर दिया है।

दोनों के इस मनमुटाव से मनुष्य जाति को भारी क्षति उठानी पड़ रही है। गाड़ी को खींचने वाले दो बैल यदि परस्पर सींग मारने पर उतारू हो जाएं तो यात्रा हो नहीं सकेगी। वे बैल भी आहत होकर उस उद्देश्य को चोट पहुंचाएंगे, जिसके लिए दोनों गाड़ी में जुते और एक दिशा में चलकर एक लक्ष्य पूरा करने के लिए नियोजित हुए थे।

इस दिनों अध्यात्म और विज्ञान के समन्वय की चर्चा समाज में सर्वत्र होती रहती है।

यदि गहराई से देखा जाए तो विज्ञान और अध्यात्म सदा से एक दूसरे के पूरक रहे हैं। विलग होने पर कोई भी अपना स्वतंत्र अस्तित्व बनाए नहीं रह सकता है। अस्तित्व किसी रूप में बना भी रहे तो उनमें से किसी की भी उपयोगिता का प्रमाण नहीं मिल सकता। सौर मंडल को ही लें, उसमें नौ ग्रह और तैंतीस उपग्रह अब तक खोजे जा चुके हैं। अगले दिनों इस संख्या में और भी बढ़ोत्तरी होने वाली है, अज्ञातों को खोजा-निकाला जा रहा है। उस परिवार के किसी घटक में बुद्धिमान प्राणियों का अस्तित्व नहीं पाया गया है। इसका कारण एक ही हो सकता है कि या तो वहां जीवधारी इच्छा शक्ति से अनुकूल वातावरण बना नहीं

सके, अथवा प्रकृति की प्रतिकूलता के कारण वहां प्राणियों की समर्थ प्रजातियों का उद्भव संभव नहीं हो सका, इसे जड़ और चेतन की विलगता कह सकते हैं।

ब्रह्माण्ड के अन्य ग्रह गोलकों की भी यही स्थिति रही होगी, जहां जीवन रहा होगा वहां सुविधा, समृद्धि और प्रगति के अनेक आधार खड़े हुए होंगे। पदार्थ को तोड़-मरोड़कर, खींच-घसीटकर जीवनधारियों के लिए काम आ सकने योग्य बनाया गया होगा, इसके अभाव में पदार्थ अपनी अनगढ़ स्थिति में ही पड़ा होगा, वहां नीरवता के अतिरिक्त और कुछ भी दृष्टिगोचर नहीं हो रहा होगा। इसका तात्पर्य यही है कि जड़-चेतन के मध्य वहां तालमेल बनने का सुयोग नहीं बन सका। जहां वह व्यवस्था रही है वहां हर परिस्थिति में जीवनधारियों ने अपना अस्तित्व बनाए रखने और विभिन्न प्रकार की हलचलें करते रहने का प्रमाण दिया है।

पृथ्वी के उत्तरी ध्रुव और दक्षिणी ध्रुव में असाधारण शीत है, फिर भी इन दोनों क्षेत्र में जीवनधारियों के अपने-अपने ढंग के क्रियाकलाप पाए गए हैं। इस सुयोग के अभाव में समुद्र के मध्य उठे हुए अनेक द्वीप अभी भी सुनसान पड़े हैं। वहां छोटे-छोटे जीव-जंतु भर किसी प्रकार जन्मे और बढ़ सके हैं। जड़ और चेतन के युग्म को ही विज्ञान और अध्यात्म की संज्ञा दी जाती है। जहां अकेला एक हो वहां निस्तब्धता के अतिरिक्त और क्या पाया जा सकता है? जलजीव भी उसी सुयोग का परिणाम हैं। आकाश में उड़ते रहने वाले जीवाणु-विषाणु आदि भी इसी तथ्य को प्रमाणित करते हैं कि दोनों का मिलन ही उपयोगी हलचलों का केन्द्र हो सकता है। इससे प्रमाणित होता है कि जड़ और चेतन का मिलन ही हलचलों का केंद्र है और वे महत्वपूर्ण तब बनती हैं जब उन दोनों को उभारने-सुधारने वाला विज्ञान एवं अध्यात्म उपयोगी सीमा तक विकसित हो।

यह समन्वय-सुयोग अनादि और अनंत हैं, जहां वे दोनों बिछुड़ जाएं तो सर्वत्र न सही उस क्षेत्र में तो प्रलय के सूखे गीले, गरम-ठंडे दृश्य दिखाई ही देंगे।

यदि सचेतन प्राणियों की उत्पत्ति से पूर्वकाल पर दृष्टि डाली जाए तो

भी आदि कारण को खोजते-खोजते वहां पहुंचना पड़ेगा जहां चेतन की इच्छा या प्रेरणा के उपरांत पदार्थ का अस्तित्व प्रकाश में आया। श्रुति वचनों में उसका उल्लेख भर है। **'एकोहम् बहुस्यामि'** सूत्र में यही प्रतिपादन है कि सृष्टा को शून्य स्थिति में रहना अखरा तो उसने इच्छा की, 'एक से बहुत हो जाऊं' फलतः परा और अपरा प्रकृति के रूप में दो प्रवाह फूट पड़े और सृष्टि का आरंभ हो गया। ब्रह्माजी द्वारा सृष्टि के रचे जाने का अलंकारिक मिथक भी प्रकारांतर से इसी स्थिति पर प्रकाश डालता है। इसी प्रकार शास्त्र वचनों में भी इसी वस्तुस्थिति को उजागर किया गया है- **ऋतं च सत्यं च** आदि वर्णनों में भी इसी उपक्रम का विस्तार किया गया है, यह अध्यात्म प्रधान पक्ष का प्रतिपादन है।

पदार्थ विद्या भले ही अपने प्रभाव द्वारा विश्व को ओत-प्रोत सिद्ध करें, उसी को प्रधान माने, फिर भी यह स्वीकार किए बिना, उनका कथन भी समग्र नहीं बन पड़ता कि कोई अदृश्य इच्छा- शक्ति पदार्थ सत्ता का उद्भव, संचालन, अभिवर्द्धन और परिवर्तन जैसे खेल खिला रही है। यहां हर पदार्थ के पीछे एक सुव्यवस्था का समावेश है। परमाणु, जीवाणु, विषाणु स्तर के अदृश्य घटकों को भी किसी सुनियोजित रीति-नीति का प्रतिपादन करने के लिए विवश रहना पड़ता है। यदा-कदा उच्छृंखलता दीख पड़ती है, वह भी किन्हीं सशक्त नियमों के आधार पर ही द्रव्यमान होती है, भले ही उन नियमों के संबंध में मनुष्य की जानकारी, कुछ आभास पाने तक ही सीमित क्यों न रही हो।

वनस्पतियों, प्राणियों, सूक्ष्मजीवियों, जलचरों की जीवनलीला और गतिविधियों पर गंभीरतापूर्वक दृष्टिपात करने से प्रतीत होता है कि यह सब आकस्मिक रूप से नहीं चल रहा है। हर घटक के पीछे कोई उच्चस्तरीय बुद्धिमत्ता काम कर रही है, अन्यथा बिखराव और टकराव का ऐसा माहौल दीख पड़ता, जिसके कारण उत्पन्न हुई अव्यवस्था और अराजकता उड़ते गुबार के अतिरिक्त और कुछ भी दीख न पड़ती। किसी पदार्थ का कोई स्वरूप ही न बन पाता और न वह कुछ क्षण तक स्थिर ही रह पाता। सचेतन ही अचेतन पर नियंत्रण कर सकता है। पदार्थ की छोटी इकाई के अंतर्गत जिस प्रकार जितने परिकर काम करते और अपनी

धुरी कक्षा में भ्रमण करते देखे जाते हैं, उनसे स्पष्ट है कि यह नियमित अनुशासन भी किसी व्यापक सत्ता का ही इच्छापूर्वक अवस्था के अंतर्गत रखा गया खेल है। प्राणियों के शरीरों में देखे जाने वाले अंग-अवयव, रसायन-जीवाणु अपने-अपने कार्य में इतने अधिक तल्लीन हैं, मानो किसी ने उन्हें किसी आश्चर्यजनक कम्प्यूटर की तरह सुनियोजित किया हो। प्राणियों को क्षुधा निवृत्ति और वंश वृद्धि के कर्मों में इस प्रकार जोता हुआ है कि वे अपनी व्यस्त जीवनचर्या को सरलतापूर्वक पूर्ण करते रह सकें। इन दोनों प्रयोजन के लिए आवश्यक साधनों का सृजन भी इस प्रकार किया गया है कि वे हर किसी को सरलतापूर्वक उपलब्ध हो सकें। इतना ही नहीं ऋतुचक्र भी इस प्रकार का विनिर्मित है कि उससे निबटने के लिए हर जीवधारी को अपने कौशल का, समुचित अभिवर्द्धन करने का अवसर प्राप्त होता रहे। वनस्पतियों और प्राणियों का एक दूसरे का पूरक बनकर रहना भी कितना विचित्र है कि यह विश्वास किए बिना रहा नहीं जाता कि यह समस्त विस्तार किसी बुद्धिमान तंत्र के संरक्षण में चल रहा है।

शास्त्रीय व्यवस्थाओं से लेकर वैज्ञानिक अनुसंधानों तक को अपने-अपने ढंग से एक ही निष्कर्ष पर पहुंचना पड़ा है कि पदार्थ का उत्पादन और उसका क्रमबद्ध नियमन किसी सचेतन सत्ता का ही खेल है। इस प्रकार जड़ और चेतन दोनों का अत्यंत सुव्यवस्थित होना सिद्ध हो जाता है, साथ ही यह भी प्रकट है कि दोनों पक्ष एक दूसरे के साथ अविच्छिन्न रूप से जुड़े हुए हैं। जिसे सर्वथा जड़ समझा जाता है वह भी मृत नहीं है। पाषाण शिलाएं और धातु खंड भी अपने अंतराल में किसी स्तर का जीवन धारण किए हुए हैं और वे घटते-बढ़ते, बदलते रहते हैं। पूर्ण निर्जीव कहा जा सके, ऐसा तो यहां कुछ भी नहीं है। अग्नि की ज्वलंत ज्वाला भी नहीं। समुद्र के ज्वार-भाटे तक नहीं। पदार्थ में सन्निहित 'गति या शक्ति' एक सुनियोजित व्यवस्था क्रम के साथ इस प्रकार जुड़ी हुई है कि वे राई रत्ती भर भी व्यतिरेक बरतने की स्थिति में नहीं हैं। प्राणियों की संख्या वृद्धि को नियंत्रित रखने से लेकर उनके निर्वाह साधन जुटाने तक की सुव्यवस्था इस प्रकार बनी हुई है कि आश्चर्य होता है कि यह उपक्रम किस प्रकार बन गया। हर प्राणी की चेतना इस ढांचे में ढली है कि वह सुखपूर्वक जिए

और दूसरों को सुव्यवस्थित रखने में योगदान कर सके।

चेतना का अस्तित्व सुनिश्चित है, वह ब्रह्माण्ड व्यापी विराट भी है और प्रत्येक प्राणी तथा परमाणु में अपने अस्तित्व का सुनियोजन के आधार पर परिचय भी देती है। इसी प्रकार पदार्थ को उसके विभिन्न रूपों में विद्यमान देखा जा सकता है। वायुभूत होने पर वह दृष्टिगोचर भले ही न होता हो, पर उसका परिचय तो ठोस, द्रव और गैस के रूप में विद्यमान देखा जा सकता है। दोनों के बीच सघनता भी इतनी है कि एक के बिना दूसरे का काम चल ही नहीं सकता। उनका अस्तित्व भी जाना और समझा नहीं जा सकता। विलग होने की स्थिति में यहां कुछ भी शेष न रहेगा। ताप, शब्द और प्रकाश की जो तरंगे काम करती हैं जड़ चेतन को एक सूत्र में बाँधती हैं, उनका भी कहीं अता-पता न चलेगा। क्षीरसागर में विष्णु के सो जाने पर महा प्रलय हो जाता है, क्षीरसागर और विष्णु जड़ चेतन के यही दो समन्वय अंत में रह जाते हैं। आरंभ में भी कमल पुष्प पर बैठे ब्रह्म और प्रकृति वैभव का मिल-जुलकर बना आधार ही सृष्टि के सृजन का मूल कारण बना।

कोई जड़ ऐसा नहीं है जिसमें चेतना का कोई न कोई अंश विद्यमान न हो। पत्थरों तक में मंदगामी हलचल होती है। धातुओं तक को जंग लगती और क्षरण होता हैं। समुद्र उफनते हैं। हवा में अंधड़ चलते हैं। पृथ्वी में भूकंप आते हैं। आकाश में इंद्रधनुष देखे जाते हैं। पानी बरसता है। भाप उड़ती है। मौसम बदलते हैं। इन सबके साथ एक सूक्ष्म नियम व्यवस्था काम करती है। उसे सचेतन का ही एक रूप कहा जा सकता है। सड़ी लकड़ी में से कुकरमुत्ता उग पड़ता हैं। गोबर-कीचड़ में कृमियों का जन्म होने लगता है। यह सब तथ्य बताते हैं कि जड़ नितांत निर्जीव एवं गतिहीन नहीं है। इसी प्रकार चेतन के सम्बन्ध में भी कहा जा सकता है कि उसका स्वरूप देखना तो दूर, कल्पना तक कर सकना कठिन है। उथली चेतना होने के कारण प्राणी ईश्वर के स्वरूप और नियमों के सम्बन्ध में कोई कल्पना तक नहीं कर सकते। मनुष्य भी निष्कलंक ब्रह्म के सम्बन्ध में अपनी सुनिश्चित आस्था नहीं जमा पाता। धर्म धारणा और ध्यान धारणा के माध्यम से ईश्वर के साथ सम्बन्ध जोड़ने की प्रक्रिया में उसे

किसी न किसी आकार को कहीं-न-कहीं ठहरा हुआ कल्पित करना पड़ता है। विभिन्न संप्रदायों और साधना परंपराओं ने ईश्वर का कोई न कोई ऐसा स्वरूप निर्धारित किया है, जिसका ध्यान बन पड़े और उसके साथ भक्ति-भावना का आरोपण संभव हो सके, नितांत निराकार की कल्पना तक नहीं बन पड़ती। वेदांत तक में आत्मस्वरूप में ईश्वर की ज्योति प्रकाशित होने की मान्यता है। इसके बिना कोई चिंतन-चेतना उभरती ही नहीं। निराकार मत वाले भी प्रकाश ज्योति को ईश्वर का स्वरूप मानकर काम चलाते हैं।

चेतन और जड़ का दो भागों में वर्गीकरण करते हुए इस तथ्य को समझने में सुविधा पड़ती है। ईश्वर को भी किसी नियम व्यवस्था से अनुशासित सभी के द्वारा माना ही जाता है। उसके अनुग्रह और कोप की मान्यता को सभी के द्वारा माना जाता है। स्वर्ग में, मुक्ति में उसके वैभव से मिल-जुलकर रहने की कल्पना की गई है। भक्तजन ईश्वर से भी बदले में अपनी प्रेम भावना उपलब्ध होने की मान्यता अपनाए रहते हैं।

उत्पादन, बढ़ोत्तरी और बदलाव-यह तीन गतिविधियां प्रत्येक पदार्थ और प्राणी में अनवरत रूप से होती रहती हैं। इन हलचलों का केन्द्र सजीव सत्ता ही हो सकता है। वैज्ञानिक लोग, परमाणुओं से बनी इस सृष्टि को मानते हैं। परमाणुओं का ढांचा भी सौरमंडल जैसा है। उसके अंतर्गत अनेकों इलेक्ट्रॉन-प्रोट्रॉन जैसे घटक ग्रहों की भांति धुरी और कक्षा में दौड़ते रहते हैं। उनकी क्रिया-प्रक्रिया में जो तारतम्य रहता है उसे देखते हुए भी यही कहा जा सकता है कि गति, शक्ति और अनुशासन, निर्जीव पदार्थ में अपने सम्बन्ध स्वयं ही स्थापित और निर्धारित नहीं कर सकते। इनके पीछे कोई न कोई व्यवस्था अवश्य है।

देखें कैसे समूची विश्व व्यवस्था में अति सघनता के साथ अनुशासन का समावेश है। सर्वत्र व्यवस्था ही व्यवस्था है, यहां तक कि यदा-कदा भूकंप-तूफान जैसे अवरोध जो दिखाई पड़ते हैं वे भी उन विशिष्ट नियमों के साथ जुड़े हुए होते हैं, जिनका मनुष्य की समझ अभी तक पूरी तरह पता नहीं लगा पाई है।

जड़ को अव्यवस्थित होना चाहिए, किंतु यहां किसी को भी वैसी छूट नहीं मिली हुई है। शरीर के जीवाणु, तंतु, ऊतक, घटक इस क्रमबद्धता का परिचय देते हैं कि शारीरिक ढांचा तक नियमबद्ध है। मनुष्य कभी-कभी नैतिक नियमों का उल्लंघन कर तात्कालिक लाभ उठाता देखा जाता है। इससे कर्मफल की व्यवस्था में संदेह होता है, पर कुछ ही समय में क्रिया की प्रतिक्रिया सामने आकर रहती है, इससे विदित है कि जड़ और चेतन का पारस्परिक समन्वय अविच्छिन्न है।

पदार्थ का प्रतिनिधित्व विज्ञान करता है और चेतना का अध्यात्म। दोनों के बीच सघन समन्वय न रहने पर तो यहां कुछ भी हो सकना सम्भव नहीं होगा। ऐसी दशा में यह मान्यता गलत है कि दोनों सत्ताएं एक दूसरे से पृथक हैं।

यथार्थता तो स्वीकारनी ही पड़ेगी

श्रुति का वचन है कि यह सब विशद ब्रह्माण्ड ब्रह्म ही है। विराट ब्रह्म की परिकल्पना में इस विश्व को ही ईश्वर का दृश्य स्वरूप माना गया है। अर्जुन, कौशल्या, काकभुशुण्डि आदि ने ईश्वर दर्शन का आग्रह किया तो उन्हें विराट विश्व की झांकी देख करके ही संतोष करना पड़ा। निराकार का अपना निजी स्वरूप कोई हो ही नहीं सकता। कलेवर समेत ही उसकी झांकी होने की अपेक्षा की जाती है, यह कलेवर और कुछ नहीं प्रकृतिपरक ही हो सकता है। भले ही वह प्रत्यक्ष हो अथवा परोक्ष, दृश्य हो या अदृश्य, वह वस्तु रूप भी हो सकता है और कल्पना शक्ति के आधार पर स्व-निर्मित भी।

चेतना का अणु पक्ष आत्मसत्ता में है और विभु पक्ष ब्रह्माण्डीय चेतना में। दोनों एक ही तत्त्व से बने हैं। चिनगारी और आग, बूंद और जलाशय, घटाकाश और मठाकाश में मात्र आकार भिन्नता है। सत्ता एक ही है। मैले दर्पण में अपनी छवि दिखाई नहीं पड़ती। मैले पानी में सूर्य का प्रतिबिंब नहीं चमकता। इसी प्रकार दुश्चिंतन और कुकर्मों से, सड़े-गले जीवन से अंतःकरण ऐसा दूषित हो जाता है कि उसमें ईश्वर सत्ता विद्यमान होते हुए भी उसका आभास नहीं मिल पाता। इस अवरोध को दूर करने के लिए,

आत्म शोधन के ही प्रयास करने पड़ते हैं। अपूर्णता से उभरकर पूर्णता प्राप्त करने का यही एकमात्र मार्ग है। साधनापरक समस्त कर्मकांड इसी की पूर्ति के लिए बनाए गए हैं। यदि हमें ब्रह्म की निकटता चाहिए तो आत्मा को धो-पोंछकर साफ सुथरा करना ही पड़ेगा।

तात्त्विक प्रतिपादन और अनुभवों का निर्धारण जीव और ब्रह्म की एकता का समर्थन है। इसे जड़ चेतन का समन्वय भी कह सकते हैं। इतना होते हुए भी यह देखा जाता है कि दोनों सत्ताओं में पृथकता ही नहीं प्रतिकूलता भी है। ईश्वर के गुण जीव में नहीं पाए जाते और जीव स्तर की गतिविधियां न अपनाने के लिए ईश्वर की विवशता भी समझी जा सकती है।

पुरातन सिद्धान्तों और मानकों को समझ सकने के उपरांत वस्तुस्थिति सहज समझी जा सकती हैं, फिर भी इन दोनों के पृथक होने की कठिनाई का जो वर्णन किया जाता है या पृथकता के कारण होने वाली हानियों का जो वर्णन किया जाता है, एवं अध्यात्म और विज्ञान के समन्वय पर जो ज़ोर दिया जाता है, उन प्रतिपादनकर्त्ताओं के मंतव्य को समझना चाहिए। शब्दों के भ्रम जाल में कई बार वह बात स्पष्ट नहीं हो पाती कि जो कुछ कहा जा रहा था या चाहा जा रहा था। इसके पीछे वास्तविक उद्देश्य क्या था और किस कठिनाई का क्या समाधान खोजा जा रहा था?

विज्ञान पक्ष की मान्यता है कि जो प्रत्यक्ष है वह उतना ही सत्य है। इसमें जो तुरंत लाभ दीख सके, अपनी सत्ता का परिचय दे सके, वही मान्य है। चूंकि ईश्वर, धर्म और तत्त्वदर्शन के प्रतिपादन प्रत्यक्ष नहीं हैं, इसलिए उन्हें मान्यता क्यों दी जाए?

अध्यात्म का कथन है कि शास्त्रों में ही पूर्ण सत्य समाहित है, उन्हें झुठलाना ऋषियों और शास्त्रों का अपमान है। विज्ञान की नित नई खोजें सामने आती हैं। पिछले कथनों को झुठलाती रहती हैं। अतः ऐसे अपरिपक्व प्रतिपादनों की बात क्यों सुनी जाए?

विज्ञान के सम्बन्ध में अध्यात्म पक्ष द्वारा कहा जाता है कि उसके द्वारा प्रकृति का असाधारण दोहन किए जाने पर भविष्य के लिए कुछ न

बचेगा। प्रदूषण फैलने की विषाक्तता प्राणघातक होगी। लोग काहिल बनेंगे। इसके कारण समस्त सत्ता संपदा सिमटकर कुछ ही हाथों में सीमित हो जाएगी। नीति मार्यादाओं का कोई मूल्य न रहेगा।

इसी प्रकार विज्ञान ने अध्यात्म को अंध-विज्ञान बताया है। धर्म को अफीम की गोली कहा है। आधार रहित कल्पनाओं की उड़ानें बताया है। ईश्वर यदि नियामक है तो वही कर्म अपनी विशेषताओं के कारण प्रकृति क्यों नहीं कर सकती? अध्यात्म परावलंबन है, वह पराक्रम साहस को काटता है और व्यक्ति को दीन-दुर्बल बनाता है।

दोनों पक्ष अपने-अपने समर्थन में बहुत कुछ कहते रहे हैं। दूसरों पर लांछन लगाने में कोई कसर नहीं रहने देते रहे हैं। किसी ने भी यह नहीं सोचा कि दूसरे पक्ष के प्रतिपादनों और आक्षेपों में क्या कुछ सच्चाई भी है। भ्रांतियों के निराकरण और उपयोगी प्रतिपादनों को ग्रहण करने की यदि मनोवृत्ति रही होती तो दोनों के बीच में जो खाई लगातार बढ़ती चली आई है, वह घटती। एक, दूसरे के परिश्रम को सराहता और जो ग्रहण योग्य होता उसे अपनाता। जहां सहमति नहीं बन पा रही हो उसे सुलझाने के लिए कभी उचित अवसर आने की प्रतीक्षा करता तो ऐसी स्थिति न बन पड़ती, जैसी आज है।

वस्तुतः दोनों ही पक्ष असाधारण शक्ति संपन्न हैं। उनके प्रतिदानों में इतनी सच्चाई एवं उपयोगिता भी है जिसे जन साधारण को बताते हुए औचित्य अपनाने की पृष्ठभूमि तैयार की जा सके। विग्रह से शत्रुता उपजती है। आग्रह प्रतिष्ठा का प्रश्न बनता है और अहंकार इस प्रकार आड़े आता है कि तथ्यों के निरीक्षण-परीक्षण की गुंजाइश तक नहीं रहती, वरन विरोध में मजा आता है। दूसरे पक्ष को नीचा दिखाने की प्रवृत्ति बढ़ती है।

इस तनावपूर्ण स्थिति में एक तीसरा पक्ष उभरा है जिसे विवाद से उत्पन्न भ्रम ही कहा जा सकता है। सभी जानते हैं कि उपयोगी पक्षों का विग्रह सर्वसाधारण के लिए एवं संसार के लिए हानिकारक ही सिद्ध होता है। देवासुर संग्राम लंबे समय तक चलता रहा, पर उससे किसको क्या मिला? दोनों ने ही हानि उठाई, इस स्थिति में किसी को भी शांति से रहने

एवं प्रगति करने का अवसर न मिला। अंततः दूरदर्शी बुद्धिमत्ता उभरी। सहयोग की बात सोची गई। समुद्र मंथन की योजना बनी। लड़-झगड़ में खर्च होने वाली शक्ति सृजन प्रयोजन में लगी। इस माहौल में निराश बैठे हुए कच्छप भगवान, वासुकि महासर्प, मंदिराचल पर्वत उस प्रयास में सहयोग के लिए कटिबद्ध हो गए। मंथन में चौदह रत्न निकले। उनके माध्यम से उन दोनों पक्षों का ही नहीं, सर्वसाधारण को भी अनेक प्रकार से लाभान्वित होने का अवसर मिला।

उसी घटनाक्रम का स्मरण करते हुए विचारशील वर्ग द्वारा सोचा जा रहा है कि संसार की इन दोनों सर्वोपरि कही जा सकने योग्य शक्तियों को, परस्पर सामंजस्य और सहयोग का तालमेल बिठाने की स्थिति में लाया जाए अर्थात अध्यात्म और विज्ञान का समन्वय किया जाए। यह आवाज आज हर दिशा में उठ रही है। विश्व के महान विचारकों का यही अभिमत है कि इनके मध्य जो खाई खुद गई है, उसे पाटने के लिए प्रबल प्रयत्न किया जाए।

वास्तविकता यह है कि दोनों के बीच सामंजस्य की परंपरा अनादिकाल से चली आ रही है। वे एक, दूसरे के विरोधी नहीं पूरक हैं। एक से सर्वथा पृथक रहकर दूसरा अपना अस्तित्व तक बनाए नहीं रह सकता। पदार्थ के बिना चेतना पंगु हैं और चेतना की प्रखरता के बिना पदार्थ अंधे के समतुल्य। अंधे-लंगड़े परस्पर मिलकर ही नदी पार करने की योजना बना सकते हैं और पार जाने में सफल हो सकते हैं। यही स्थिति उपरोक्त विवाद के सम्बन्ध में भी है। पृथक रहकर तो वे अभीष्ट लाभ उठाने से वंचित ही रहेंगे और असहयोग एवं विग्रहजन्य घाटा ही उठाते रहेंगे। अब समय आ गया है कि विरोध को मैत्री में बदला जाए।

अध्यात्म और विज्ञान दोनों का ही एक लक्ष्य है सत्य की खोज। यह तभी हो सकता है कि जब मस्तिष्क खुला रखा जाए। पिछली मान्यताओं में यदि नए तथ्य सामने आने पर परिवर्तन करने की आवश्यकता पड़े तो उसके लिए तैयार रहा जाए। शोध प्रक्रिया में नए-नए शोध होते रहें। इसी में भलाई है।

अब तक दोनों पक्षों ने बहुत कुछ जाना है, पर जो जानने के लिए शेष है, वह उससे भी कहीं अधिक है। विज्ञान अपेक्षाकृत अधिक अच्छी तरह समझता और अपनाता है, तभी तो पुराने शोध निष्कर्षों से संतुष्ट न रहकर आगे की बात जानने, अधिक गहराई में उतरने और यदि पिछले में सुधार-संशोधन करना पड़े तो उसके लिए तैयार रहता है। उपलब्धियों को पूर्ण मानने की उसकी प्रवृत्ति है ही नहीं। इसी का परिणाम है कि नित नए आविष्कार होते रहते हैं, और उनके द्वारा अधिक क्षमताएं प्राप्त करते चलने के अवसर मिलते रहते हैं। यदि एक शोध को ही पूर्ण मान लिया गया होता, तो उसका परिणाम निश्चित रूप से यही होता कि अग्रगमन की संभावनाएं समाप्त हो जातीं एवं अधिक नया जानने और अधिक महत्वपूर्ण प्राप्त करने का चलता हुआ उपक्रम, अवरुद्ध होकर रह जाता।

इस संबंध में अध्यात्म पक्ष ने भूल की है। यदि शास्त्र वचनों और उपदेशों को ही पूर्ण न मानकर नए अनुसंधानों के लिए द्वार खुला रखा गया होता तो आज उसकी प्रखरता, प्रामाणिकता और उपयोगिता इतनी अधिक रही होती कि किसी को उंगली उठाने की चुनौती देने का अवसर ही न मिलता।

उदाहरण के लिए जाने-माने सम्प्रदायों की परस्पर विरोधी असंख्य मान्यताओं को लिया जा सकता है। उन्हें सोचना चाहिए था कि सच्चाई तो एक ही हो सकती है। उसकी समग्रता को समझते हुए तथा असहमतियों को शिथिल करते हुए किसी एक निश्चय पर क्यों न पहुंचा जाए, ताकि न मतभेदों के लिए गुन्जाईश रहे और न जन समुदायों को इस आधार पर एक दूसरे को दुराग्रही ठहरना पड़े। यहां हाथी वाली कहानी याद आती है, जिसमें अंधों के एक समूह ने उसका स्वरूप निर्धारित करने का प्रयत्न किया था। पर हाथ से जिन अंगों को वे छू सके उसी आकार का हाथी बताने की जिद करने लगे। फलतः वे किसी निष्कर्ष पर भी न पहुंच सके और परस्पर लड़ते भी रहे। यही स्थिति धार्मिक मान्यताओं के सम्बन्धी में भी है। उनके विद्वान जन सभी पक्षों के स्वरूप को मिलाकर उन्हें एकता के केंद्र पर केंद्रित कर सकते हैं और धर्मों में जो सर्वोपयोगी है, उसे एकत्रित करके सर्व साधारण तक एक सुनिश्चित मान्यता के रूप

में पहुंचा सकते हैं। यदि इतना हो जाए तो संप्रदायों की भिन्नता-एकता में विकसित होकर लोक कल्याण में भली प्रकार से समर्थ हो सकती है। विवादों में, भिन्नताओं में जो शक्ति खर्च होती है, उसका उपयोग सदुद्देश्य के लिए बन पड़ना संभव हो सकता है।

विज्ञान ने यही किया है। उसके सिद्धांत सार्वभौम हैं। सभी देश उनसे समान रूप से लाभ उठाते हैं। बिजली, रेडियो, टेलीविजन, टेलीफोन, मशीनें सभी का स्वरूप संसार भर में प्रायः एक जैसा है। सच्चाई एक होनी चाहिए। सूर्य एक है। चंद्रमा एक है। आकाश एक है। फिर विज्ञान के मूलभूत सिद्धांतों और प्रयोगों में भी एकता क्यों न होगी? इस बात ने सर्वसाधारण के मन में विज्ञान एवं उसके सिद्धांतों की सच्चाई के सम्बन्ध में आस्था उत्पन्न की है और उसका समुचित लाभ भी उठाया है। धर्म को भी प्रामाणिकता के लिए एकता का, एकात्मता का सिद्धांत अपनाना होगा, तभी विग्रह और भ्रम फैलाने के लांछन से उसे मुक्ति मिल सकेगी। सभी एक न हो सकें तो कम-से-कम सहिष्णुता, समन्वय, समभाव तो अपनाना ही चाहिए, भले ही निजी अभिरूचि के अनुरूप कोई किसी प्रकार का प्रयोग अपनाता रहे। विज्ञान सार्वभौम, सार्वजनीन और सर्वोपयोगी है। अध्यात्म को भी इसी स्तर का बनकर अपनी महत्ता प्रतिपादित करनी चाहिए और वह स्थिति नहीं बनने देनी चाहिए, जिसमें उंगली उठाने और निंदा करने की स्थिति बने।

विज्ञान को झुठलाया नहीं जा सकता, उसकी प्रकृति और उपलब्धि का लाभ उठाया जाना चाहिए। भूतकाल के आरंभिक चरणों में भी उसने इस विश्व वसुधा की, विशेषतया मानव जाति की महान सेवा की है। अब जब वह प्रौढ़ता के चरण में प्रवेश कर रहा है तो उससे और भी बड़ी आशाएं की जा सकती हैं। उसकी उपयोगिता से इनकार न करते हुए देखना यह है कि जो उसने कमाया है उसका दुरुपयोग न होने पाए।

अध्यात्म क्षेत्र का अपना स्वरूप और अपना अनुशासन है, जिसे केवल पढ़ लेने या सुन लेने से काम नहीं चलता, वरन उसके निर्धारणों को हृदयंगम करना और दृढ़तापूर्वक प्रयोग में लाना पड़ता है। उस सारी

व्यवस्था को समझ पाने पर ही यह सम्भव हो सकता है कि प्रतिफलों से लाभान्वित हुआ जा सके। केवल कथोपकथनों की तोता रटंत से तो कोतूहल मात्र बन पड़ता है। लाभ उठाने जैसी स्थिति तो बन ही नहीं पाती।

चेतन पक्ष को सुनियोजित और सुसंस्कृत बनाने की विद्या को 'अध्यात्म' नाम से जाना जाता है। इसमें वह अनुशासन भी जुड़ा हुआ है, जिसको संयम नाम से जाना जाता है। यह न बनने पर जो शेष रह जाता है, उसे आडंबर या कलेवर ही कह सकते हैं। यही बात अध्यात्म के सम्बन्ध में भी है। आमतौर से लोग उसके कलेवर भर का स्पर्श करने में रुचि लेते हैं। उसकी मर्यादाओं को जीवन में उतारने का प्रयत्न नहीं करते। फलतः जो कुछ बचा रहता है, उसे कलेवर की विडंबना भर कहा जा सकता है। तथ्य और तत्त्व का समावेश न होने पर यह स्थिति बन नहीं पड़ती, जिसमें विज्ञान के समतुल्य या उससे भी अधिक महत्वपूर्ण सिद्ध कर सकने की स्थिति बन सके। एक ओर सजीव हाथी खड़ा हो और दूसरी ओर वैसा ही कागज का पुतला बनाकर खड़ा कर दिया जाए, तो यह आशा नहीं की जा सकती कि तुलना करने पर दोनों की सामर्थ्य समान सिद्ध हो सकेगी, दोनों को समान महत्त्व का मूल्य मिल सकेगा, दोनों से समान काम लिया जा सकेगा।

जब जड़ पदार्थों से लाभान्वित होने की, शरीरों को स्वस्थ रखने की, व्यापार और व्यवसाय की, कोई विधि या व्यवस्था हो सकती है, तो चेतना को सही और सुसंस्कृत बनाए रहने का भी सुनिश्चित अनुशासन हो सकता है। शरीर की पृष्ठभूमि में प्राण काम करता है। प्राण दुर्बल हो जाने पर या अलग हो जाने पर शरीर महत्त्वहीन हो जाता है। इससे स्पष्ट होता है कि चेतना की, प्राण सत्ता की, और विचारणा की अपनी समर्थता और उपयोगिता है। उसे उपेक्षा की स्थिति में नहीं रखा जा सकता है। जैसे-तैसे, जहां-तहां उसे पड़ा नहीं रहने दिया जा सकता है। अनगढ़ रहने पर तो वह जंग खाई हुई घड़ी की तरह समय बताने की अपनी क्षमता से वंचित ही बनी रहेगी। इस दुर्गति से चेतना क्षेत्र को बचाए रखने के लिए

ही अध्यात्म विज्ञान का सुनियोजन हुआ। पदार्थ विज्ञानियों की तरह ऋषि-कल्प तपस्वियों ने भी अपने मानस को प्रयोगशाला बनाकर उन तथ्यों को खोज निकाला है, जिन्हें अपनाकर नर-वानर स्तर का एक सामान्य प्राणी किस तरह ऋद्धि-सिद्धियों का स्वामी और विश्व वसुधा का अधिष्ठाता बन सका। किस प्रकार उसने अपनी प्रसुप्त शक्तियों को खोजा और उन्हें जागृत करके देवता का पद पाया। अध्यात्म का जादू जैसा इन दिनों माना जाता है और उसे प्राप्त करने के लिए लगता है कि रहन-सहन को किन्हीं विचित्रताओं से भरा बनाना पड़ता है, पर बात ऐसी बिल्कुल भी नहीं है। अध्यात्म विचारों की उत्कृष्टता अपनाने से आरंभ होता है। इसका प्रभाव व्यक्तिगत चरित्र को उत्कृष्ट स्तर का देखे जाने में परिलक्षित होता है। यही उपलब्धि जब जनसंपर्क में उतरती है, तो आदर्शवादी व्यवहार कुशलता के रूप में दिखाई पड़ती है। इसी समग्र प्रयोजन को एक शब्द में चेतना की उत्कृष्टता भी कह सकते हैं। यही अध्यात्म है।

पदार्थ द्वारा मिल सकने वाले लाभों से सभी परिचत हैं। बलिष्ठ शरीर की उपयोगिता भी निरंतर सिद्ध होती रहती है। संपत्ति के आधार पर इच्छित, सुविधा और साधन खरीदे जा सकते हैं। यह प्रत्यक्ष उपलब्धियों का माहात्म्य हुआ। गुण, कर्म स्वभाव की उत्कृष्टता को ही दार्शनिक भाषा में अध्यात्म कहा जाता है। उसके आधार पर जो मिल सकता है, उसकी जानकारी संसार में सृजन के प्रयोजनों में सफल हुए महामानवों की जीवन-गाथा का पर्यवेक्षण करते हुए, सहज ही पाई जा सकती है।

आत्मबल प्राप्त करने के लिए दो साधनाएं निरंतर करनी पड़ती हैं। एक है, संयमशीलता, जिसे दूसरे शब्दों में तपश्चर्या भी कह सकते हैं। इसका प्रयोग है : पुण्य परमार्थ लोकमंगल, जनकल्याण भी इसी आधार पर बन पड़ता है। संकीर्ण स्वार्थपरता यदि उदात्त उदारता में विकसित हो चले तो समझना चाहिए कि अध्यात्म सही रूप में अपनाया गया और उल्लास भरा सत्परिणाम मिलते रहने की बात बन गई है। व्यक्ति चेतना की तरह ब्रह्माण्ड चेतना भी है। चिंगारी और ज्वाला की उपमा इसी प्रसंग में दी जाती है। परिष्कृत व्यक्तित्त्व जाग्रत चिनगारी है, जो अवसर का सुयोग मिलते ही ज्वाला एवं दावानल के रूप धरकर और असाधारण

भूमिका निभाती देखी जाती है। ऐसे प्रसंगों का ही दैवी चमत्कार के रूप में उल्लेख होता रहता है।

अध्यात्म की वास्तविकता का स्वरूप एवं उपक्रम समझ लेने के उपरांत यह स्पष्ट हो जाता है कि चेतन को महतचेतन के साथ जोड़ने की यह प्रक्रिया आत्मसंयम, अनुशासन, मार्यादापालन की तपश्चर्या से आरंभ होती है और उत्कृष्ट आदर्शवादिता से भरे-पूरे चरित्र व्यवहार में अपना परिचय पग-पग पर देती है। परिष्क त आत्मा ही परमात्मा है।

अध्यात्म आस्तिकता पर अवलंबित है। आस्तिकता मर्यादाओं के परिपालन और वर्जनाओं से बचे रहने के रूप में प्रत्यक्ष देखी जाती हैं। कर्मफल पर विश्वास जमाना अध्यात्म का मूल उद्देश्य है। लोग सोचते हैं कि कुकर्मों का फल हाथों-हाथ नहीं मिला, तो पीछे कभी नहीं मिलेगा, इस बात पर क्यों विश्वास किया जाए। इसी भ्रम के कारण आए दिन अनाचार की अभिवृद्धि होती देखी जाती है। यदि कर्मों के प्रतिफल का विश्वास यथावत बना रहे तो फिर सदाचार पर अवलंबित समाज में सर्वत्र सुख-शांति का वातावरण ही बना रहे।

इस स्तर के अध्यात्म का और विज्ञान का एक मात्र उद्देश्य सत्य की खोज करना, अविज्ञात का अनुसंधान करना और प्रगति के साधन जुटाना है। यदि यही कुछ अध्यात्म के द्वारा चेतना क्षेत्र में संपन्न किया जाए, तो विग्रह नहीं उठेगा। दोनों अपने-अपने क्षेत्र में काम करते हुए भी एक-दूसरे के पूरक समझे जाने लगेंगे। हवा आकाश में परिभ्रमण करती है और आहार दृश्यमान खाद्य पदार्थों से निर्मित हैं। इतने भर से दोनों की भूमिका जीवन निर्वाह में समान स्तर की होती है। यदि लक्ष्य एक रहे तो उन्हें विरोधी क्यों माना जाएगा? उपलब्धियों का सदुपयोग और जो आगे की संभावनाएं हैं, उनका अनुसंधान यह कार्य दोनों महा शक्तियां अपने-अपने ढंग से संपन्न करती रहें तो उनके बीच विवाद कहां रहा? कान सुनते हैं, आंखें देखती हैं। दोनों की कार्यप्रणाली अलग होते हुए भी काया को समग्र सुनियोजित रखने में उनकी भूमिका समान ही होती है। एक के अभाव में दूसरे के होने पर भी समग्र क्षमता में भारी व्यवधान ही उत्पन्न हो जाता है।

अध्यात्म मान्यताओं में ऐसे अनेकों प्रसंग एवं प्रकरण जुड़ गए हैं जो न तो अपनी यथार्थता सिद्ध कर पाते हैं और न उपयोगिता। मात्र शास्त्रवचन, परंपरा प्रचलन की दुहाई देकर दुराग्रह ही अपनाए रहते हैं, यह स्थिति विचारशील वर्ग के सम्मुख उपहासास्पद बने, तो आश्चर्य ही क्या?

समय की मांग है कि इस सर्वव्यापी अवांछनीयता और अप्रामाणिकता के माहौल में हर मान्यता का नए सिरे से विवेचन हो। जो अपनी उपयोगिता सिद्ध कर पाता है उसी को लोकमान्यता मिलती है। इस संदर्भ में अध्यात्म को स्वयं आत्म निरीक्षण और परीक्षण करना चाहिए और **'जो खरा है, वह अपना'** वाला सिद्धांत अपनाकर ऐसा कवच पहन लेना चाहिए कि जिस पर बुद्धिवाद का या प्रत्यक्षवाद का आघात न पहुंच सके।

दोनों प्रचंड शक्तियां हैं

शक्ति और समर्थता का अपना महत्त्व है, पर उससे लाभ उठाने की एक ही शर्त है कि उस पर दूरदर्शी विवेकशीलता का अंकुश रहे। इसके बिना शक्ति मद उच्छृंखलता अपना लेता है और ऐसा कुछ करने के लिए उतारू होता है, जिसे प्रकारांतर से अनर्थ ही कहा जा सके। दुर्बल खरगोश तो एक सीमा तक ही खेत को उजाड़ सकता है, पर पागल हाथी को उसे खाने और खुरतारने की सनक से उस हरिरिमा को तहस-नहस किए बिना चैन नहीं मिलता। इसीलिए जंगली हाथियों वाले क्षेत्र में कृषि करने वालों को सुरक्षा के लिए विशेष प्रयत्न और प्रबंध करना पड़ता है।

पशु पालक बलिष्ठ जानवरों से उपयोगी काम कराते हैं, और इसीलिए उन पर नियंत्रण की कड़ी व्यवस्था करना आवश्यक हो जाता है। घोड़े के मुंह में लगाम लगानी पड़ती है। ऊंट की नाक में नकेल डाली जाती है। बैल के नथुने छेदने पड़ते हैं। हाथी से सही काम कराने के लिए महावत को न केवल प्रशिक्षित होना पड़ता है, वरन पैनी नोंक वाले अंकुश का भी लगातार प्रयोग करना पड़ता है। यदि इन जानवरों को अपनी मर्जी पर चलने के लिए खुला छोड़ दिया जाए तो न केवल पालने वालों के लिए, वरन उनकी चपेट में आने वाले हर किसी का बंटाधार करेंगे। रेल और मोटर को घुमाने, और रोकने की प्रणाली सही रखनी पड़ती है, अन्यथा वे

किसी से भी टकराकर अपना और सामने वाले का विनाश कर सकती है। सरकसों में खूंखार जानवरों का खेल दिखाना तभी संभव होता है जब उन्हें चाबुकों की मार से डराकर, संचालक की इच्छानुसार काम करने के लिए पूरी तरह सहमत कर लिया जाता है। यदि वे स्वच्छंद रहें तो पालने वालों से लेकर दर्शकों तक की दुर्गति बना सकते हैं।

विज्ञान को शक्तिपुंज कहा जा सकता है, पर वह जड़ पदार्थों से विनिर्मित होने के कारण विवेकशून्य स्तर का है। स्वच्छंदता मिलने पर वह ऐसा भी कर सकता है, जिससे भारी हानि उठानी पड़े और पछताते हुए सिर धुनना पड़े। चूल्हे की चिनगारी को उचटने का अवसर मिल जाए तो वह अपने घर का छप्पर ही नहीं जलाएगी, वरन पास पड़ोस को चपेट में लेते हुए पूरे गांव को भस्मसात करके रहेगी। इसलिए आग को सतर्कतापूर्वक ढककर रखा जाता है।

सामर्थता अच्छी बात है, पर उसके साथ सदुपयोग करने और सुरक्षा में रखने की शर्त अनिवार्य रूप से जुड़ी हुई है अन्यथा खतरा ही खतरा मंडराता रहेगा। धन-दौलत को जहां-तहां पड़ी रहने देने पर चोर डाकुओं का आक्रमण हुए बिना नहीं रह सकता। लुटेरे अस्त्र-शस्त्रों को लूट ले जाने की घात में रहते हैं। विषैले रसायनों की बिक्री पर लाईसेंस रहता है। मादक पदार्थों के सेवन की भी खुली छूट नहीं रहती। कारण कि वे सब असाधारण और शक्तिशाली होते हैं और बारूद के भड़क उठने पर उत्पन्न होने वाले विनाश की तरह संकट खड़े करते हैं।

भौतिक विज्ञान और उनके सशक्त उत्पादनों का लाभ तभी है जब उनके ऊपर दूरदर्शी प्रणाली का समुचित अंकुश नियंत्रण हो, अन्यथा असुरक्षित छोड़ देने पर लाभ के स्थान पर हानि सहने का संकट ही सहन करना होगा। भूल यहीं हुई है और हो रही है। समर्थ होने के अहंकार ने अपने आप को सर्वत्र स्वतंत्र मान लिया है, उसके ऊपर नियंत्रण की भी आवश्यकता है। यह किसी ने अनुभव नहीं किया। फलस्वरूप स्वच्छंदता इस कदर बढ़ गई कि विज्ञान ने पदार्थ संपदा की उधेड़बुन करते रहने तक सीमित न रहकर तत्त्वदर्शन को भी अपने ढांचे में ढालना आरंभ कर दिया। अब भौतिकवाद एक दर्शन भी बन

गया है, उसका प्रतिपादन है कि जो इंद्रियों या यंत्रों की पकड़ में आ सकता है उतना ही सत्य और तथ्य है। ईश्वर द्वारा विनिर्मित क्रिया की प्रतिक्रिया को भी नकारा गया है और कहा गया है कि उसे भावनात्मक मामले में दखल नहीं देना चाहिए। विष खाने से मृत्यु हो जाती है, और टॉनिक पीने से फुर्ती आती है, इतना ही प्रतिपादन पर्याप्त है। चेतना पक्ष में क्या उचित और क्या अनुचित है? इसे किसी ने जानने और सदुपयोग करने का महत्त्व ही नहीं समझा।

दर्शन के क्षेत्र में विज्ञान का हस्तक्षेप बढ़ने का प्रतिफल लगभग नास्तिकता जैसा हुआ। प्राणी को जब पदार्थ मात्र मान लिया गया तो उस पर भी जड़ नियम लागू करने की बात सोचना स्वाभाविक है। ऐसी दशा में चेतना की स्वतंत्र सत्ता नहीं रहती तो उस पर उन कर्तव्यों और दायित्वों का आरोपण कैसे किया जाए, जो भाव संवेदना, उदारता, परमार्थ-परायणता, सेवा-सद्भावना, शालीनता, संयम जैसी दिव्य विभूतियों से सम्बन्धित है। यदि इन्हें अनावश्यक ठहरा दिया जाए, तो मानवीय मर्यादाओं का पालन और वर्जनाओं का अनुशासन मानने की कोई आवश्यकता ही नहीं रह जाती। ऐसी दशा में समाजनिष्ठ और परस्पर आदान-प्रदान पर निर्भर मानवी सत्ता की चारित्रिक उत्कृष्टता को मान्यता मिलना कठिन हो जाएगा। भौतिक दर्शन या दमन मनुष्य जैसे अति चतुर प्राणी को सज्जनता के अनुबंध में बांधे रह सकेगा, यह संभव नहीं। वह पग-पग पर धूर्तता का प्रयोग करते हुए ऐसा कुछ कर सकता है जिससे नीति, सदाचार, न्याय, सहकार, सद्भाव जैसे मानवीय सद्गुणों की चूलें ही हिल जाएं। धूर्तता में कौए और लोमड़ी को बदनाम करने वाली कहानियां कही जाती हैं, पर असल में नीचे स्तर पर उतरा हुआ मनुष्य ही वह प्राणी है, जिसे दूसरे शब्दों में प्रेत-पिशाच कह सकते हैं। वह जब अनाचार पर उतारू होता है तो वैसे असंख्य कुचक्र रच देता है, जिससे अपना ही नहीं दूसरों का अर्थात प्राणियों का एवं पदार्थ जगत का भी सर्वनाश करके रख दे।

विपत्तियां, समस्याओं, विडंबनाओं और अनिष्ट आशंकाओं के मूल में एक ही कारण है : मनुष्य के स्तर में निकृष्टता का समावेश। उसकी

कृतियां संसार में स्वर्ग भी उतार सकती हैं और देखते-देखते नरक का माहौल भी बना सकती हैं।

यदि संसार को सुखी बनाना है तो प्रधानतया एक ही उपाय अपनाना होगा, उसे सुसंस्कृत बनाना और शालीनता अपनाने के लिए, भावना स्तर पर तैयार करना। यह कैसे बन पड़े? इसके उत्तर में एक ही बात कही जा सकती है कि उसके दृष्टिकोण में उत्कृष्ट आदर्शवादिता का समावेश कर सकने वाले तत्त्वदर्शन को अपनाने के लिए उसके अंतराल को सहमत किया जाए।

विज्ञान का दुराग्रह यह है कि उसने प्रत्यक्षवाद को ही सब कुछ मान लिया है, और उसी के आधार पर हर विषय का प्रतिपादन आरंभ कर दिया है। इस आधार पर तो हर अनैतिकता को निर्दोष ठहराया जा सकता है। यदि धर्म और अध्यात्म के सिद्धांतों की अवहेलना चल पड़े तो फिर बूढ़े बैल की तरह बूढ़े बाप को भी किसी कसाई खाने में पहुंचाने में लाभ सोचा जाने लगेगा। शोषण और अपहरण और आक्रमण में भी कोई दोष न माना जाएगा। चूंकि पशु स्वभाव में इन्हीं बातों का समावेश है और मनुष्यों को भी जब एक पशु ही मान लिया गया तो उस पर भी उन अनुबंधों को लागू किस प्रकार किया जा सकता है, जिन्हें सभ्यता और संस्कृति के नाम से जाना जाता है जो अब तक की सराहनीय प्रगति के लिए एकमात्र श्रेयाधिकारी भी है।

अध्यात्म का विशुद्ध दर्शन मनोविज्ञान, परामनोविज्ञान, नीतिशास्त्र, समाजशास्त्र आदि के आधार पर सही बैठता है और आवश्यक समझा जा सकता है। उसके साथ जुड़े हुए प्रतिपादनों और कर्मकांडों को भी इस दृष्टि से स्वीकार किया जा सकता है कि वे अंततः व्यक्ति को संयमी, अनुशासित, प्रामाणिक, सद्गुणी एवं परमार्थ-परायण बनाने की भूमिका निबाहते हैं।

ऐसे उपचार भी प्रत्यक्ष के आधार पर परोक्ष को प्रतिक्षित करने की नीति के अंग ही बनते हैं और प्रत्यक्ष दृष्टि से उनकी उपयोगिता में संदेह

उठने पर भी समाधान इसलिए हो जाता है कि उनका प्रभाव परिणाम अंततः व्यक्तित्त्व को अधिक शालीन बनाने में सहायक होता है, जिसकी कि आज दूसरे प्रयोजनों की अपेक्षा अत्यधिक आवश्यकता है।

इस तथ्य पर विचार करते हुए विज्ञान को, अविज्ञात को भी एक विधा मानना चाहिए, जो सुविधा-संवर्द्धन की ही तरह सभ्यता और संस्कृति का स्तर बढ़ाने में सहायक सिद्ध होता है।

अध्यात्म दर्शन के प्रति उपेक्षा और अवमानना इसलिए नहीं बनी है कि उसके प्रतिपादन गलत हैं, वरन इसलिए विरोध उपजा है कि उसकी आड़ में अनेकानेक अवांछनीयताओं ने अपना अड्डा जमा लिया है।

अंधविश्वासों, मूढ़ मान्यताओं और अवांछनीयताओं के पक्ष में ऐसा समर्थन भी प्रस्तुत किया है, जो कबीलों की गुटबंदी की दृष्टि से किन्हीं को भले ही रास आता हो, पर उसे सर्वोपयोगी नहीं कहा जा सकता। विशेषतया यह अनौचित्य तब असह्य हो जाता है जब उसमें से समन्वय की, सहिष्णुता की ओर मिल-जुलकर रहने की वृत्ति समाप्त हो जाती है। हमारा पक्ष शत-प्रतिशत सत्य और दूसरों की मान्यता सर्वथा झूठी, इसी को मतान्धता, धर्मान्धता, असहिष्णुता आदि के नाम से पुकारा जाता है। इसी पर अड़ जाने के कारण आए दिन झगड़े खड़े होते, और खून-खराबे के दृश्य नज़र आते हैं। इस प्रकार पंचलनों को पत्थर की लकीर मानकर उनके अनुपयोगी होने पर भी, अपनाने के लिए अड़े रहना भी ऐसा अनौचित्य है, जिसके कारण धर्म और अध्यात्म के प्रति विरोध भाव उपजता है और उसकी उपेक्षा, हठवादिता हर विचारशीलता पर बुरा असर डालती है।

निहित स्वार्थों वाले चतुर वर्ग ने अध्यात्म से सम्बन्धित अनेक प्रचलनों को अपने ढंग से तोड़-मरोड़कर आजीविका का माध्यम बना लिया। अन्य व्यवसायों की तरह यदि धर्म के अग्रणी कहलाने वाले व्यक्ति अपनी सेवा का उचित पुरस्कार मांगते तो शायद किसी को एतराज न होता, पर अंधविश्वासों में भावुक जनों को फंसाकर उनके भोलेपन का अनुचित लाभ उठाना गलत है, और इस औचित्य के प्रति उपजा आक्रोश

समूचे धर्म या अध्यात्म क्षेत्र के प्रति तिरस्कार का भाव उत्पन्न करता है, और इसी कारण सीमित विरोध घृणा के स्तर तक जा पहुंचता है।

विज्ञान ने सत्य की शोध को लक्ष्य बनाया है, जब भी भूल मालूम हुई है, सुधारा है, जो हस्तगत हुआ है, उसे पूर्ण सत्य न मानकर आगे भी खोज चलते रहने की उपयोगिता को स्वीकार किया है। इन्हीं मान्यताओं के आधार पर उसने इतनी प्रगति की है और भविष्य में और भी अधिक कर गुज़रने की संभावना है।

यही तथ्य यदि अध्यात्म क्षेत्र में अपनाया गया होता और सत्य के अधिक निकट पहुंचने के लिए आग्रह रहित मानस बनाकर रखा गया होता तो क्रमशः निखार आता जाता और अध्यात्म को भी वह विश्वास मिला होता जो विज्ञान को उपलब्ध है।

अध्यात्म और विज्ञान के समन्वय का तात्पर्य यह है कि मनुष्य जीवन को भौतिक और आत्मिक प्रगति का संतुलन बिठाने, मिल-जुलकर काम करने के लिए सहमत किया जाए। सत्य की शोध के लिए दोनों में समान रूप से उत्साह रहे। संभव सत्यप्रगति के मार्ग में किन्हीं भी पूर्वाग्रहों को बाधक न बनने दिया जाए, इसी में सबका सब प्रकार कल्याण है।

आज का विज्ञान अध्यात्म के बिना एकांगी तथा अपूर्ण है। सद्विचारों और सद्भावनाओं को विकसित करने का माध्यम अध्यात्म ही है। इसके बिना विज्ञान निरंकुश हो जाएगा। उसे मनमानी करने की छूट मिल जाएगी। अपने इन दोषों को दूर करने के लिए विज्ञान को अध्यात्म से मिलने के लिए आगे आना होगा।

इसके लिए आग्रहमुक्त होकर उपनिषदों, बौद्ध दर्शन, सांख्य, वेदांत एवं योग का वैज्ञानिक दृष्टिकोण से अध्ययन करना चाहिए। इनकी बातें केवल विचार नहीं हैं, बल्कि अनेक रहस्यमय प्रयोगों का अनुभवात्मक निष्कर्ष है। इन निष्कर्षों पर आज के युग में वैज्ञानिक शोध-विधि से प्रयोग किए जाने चाहिए। यदि बीसवीं सदी के प्रारंभ में वारनर हाईजेनबर्ग एवं मैक्स प्लैंक ऐसे प्रयोग कर सकते हैं, तो इक्कीसवीं सदी के प्रारंभ में आज

के भौतिक विज्ञानी, चिकित्साशास्त्री, मनोवैज्ञानिक एवं रसायनवेत्ता, आनुवांशिकी के क्षेत्र में काम करने वाले वैज्ञानिक ऐसा क्यों नहीं कर सकते? यदि आज ऐसा करने की कोशिश होगी, तो ज्ञान व अनुभव के नवीन आयाम तो खुलेंगे ही, साथ ही सभ्यताओं का संघर्ष उनके मिलन का समारोह बन जाएगा?

6

विज्ञान बना वरदान

इस संसार में जीव जन्तुओं, वनस्पतियों तथा दृश्य एवं अदृश्य जीवाणुओं को अपना अस्तित्व बनाए रखने के लिए जिन चीज़ों की निहायत ज़रूरत है, वह सभी चीज़ें प्रकृति द्वारा पहले से ही इतनी अधिक मात्रा में निःशुल्क उपलब्ध कराई गई हैं, जिनके समाप्त होने की सम्भावना नहीं है। अर्थात इनका न उत्पादन करना है और न संग्रह करना है। इन्हें पांच तत्त्वों के नाम से जाना जाता है। पुराणों में कहा गया है,

क्षिति, जल, पावक, गगन, समीरा,
पांच तत्त्व मिलि बना शरीरा।।

अर्थात यह हैं, आकाश, वायु, अग्नि, जल और पृथ्वी। वैज्ञानिक भी इस बात को स्वीकार करते हैं कि शरीर रचना और जीवन संचालन के लिए इन पांच तत्त्वों की आवश्यकता होती है। यह बात अलग है कि हम इन तत्त्वों का सदुपयोग करते हैं या दुरुपयोग। इन्हें शुद्ध रखते हैं या प्रदूषित करते हैं। यह सब हम पर निर्भर है।

विज्ञान ने बहुत कुछ किया है

दूसरी ओर विज्ञान है जिसने अपने शोध और प्रयोगों से ऐसे-ऐसे चमत्कार किए, ऐसी-ऐसी सुविधाएं विकसित की, ऐसे-ऐसे औजार और औषधियां

तैयार की, जिनसे मानव जीवन आसान, उन्नत और सुगम हो गया। लोगों का कहना है कि आज यदि मनु महाराज होते और वैज्ञानिकों द्वारा किए गए इन आविष्कारों को अपनी आंखों से देखते तो वे निश्चय ही दांतों तले अंगुली दबा लेते। आज की सृष्टि उन्हें विचित्र दिखाई देती। शायद वे अपनी पुरानी आंखों से इस नए संसार को पहचान ही न पाते। वे कहते कि हमने तो सब-कुछ थोड़ा-थोड़ा छोड़ा था, लेकिन आज मानव ने यह क्या कर दिया? उसने तो अपना संसार ही अलग कर लिया। हमारे वेदों, पुराणों में और ऋषियों ने तो अपने तपोबल से मानव जीवन के विकास के लिए केवल संकेत ही दिए थे, और जो कुछ भी था, ग्रन्थों में समाहित कर दिया था। लेकिन मानव ने अपनी मेहनत और खोजों के बल पर आज चमत्कार ही कर दिए हैं। आज का विज्ञान भगवान के करीब पहुंच चुका है।

कुछ वर्ष पहले भारतीय विज्ञान कांग्रेस का महाधिवेशन हुआ था। उस महाधिवेशन में यही निष्कर्ष निकाला गया कि विज्ञान ने मानव समाज को अद्‌भुत एवं चमत्कारिक अनुदान प्रदान किए हैं। अंधविश्वासों से डरा-घिरा मानव वैज्ञानिक सोच पाकर स्वतंत्र एवं खुशहाल जिंदगी जी पाया है। वैज्ञानिक उपलब्धियों से भौतिक जीवन को एक नया आयाम मिला है। इससे रहन-सहन, आहार-व्यवहार और दर्शन में व्यापक बदलाव आ गया है। आज विज्ञान के बिना जीवन की गतिविधियां अधूरी प्रतीत होती हैं। विज्ञान ने दूरियों को घटाकर संसार को एक गांव में तब्दील कर दिया है।

पश्चिमी दुनिया में कॉपरनिक्स ने एक नई वैज्ञानिक सोच की शुरुआत की थी। इस सोच की देकार्ते और आईंस्टीन ने व्यापक व्याख्या करके सूत्र रूप में पिरोया। इससे विज्ञान ने आधुनिक युग में प्रवेश किया। उच्च प्रौद्योगिकी एवं तकनीकी यात्रा इन्हीं के प्रयोगों के पश्चात ही प्रारंभ हुई। तब से आविष्कारों का सिलसिला ऐसा चला कि रुकने का नाम ही नहीं लेता।

आविष्कारों की यह कथा सही मायने में इटली के वैज्ञानिक गैलीलियो के जमाने में शुरू हुई थी। उन्होंने 1610 ई. में एक ऐसा टेलीस्कोप तैयार किया, जिसकी सहायता से किसी भी चीज़ को उसके आकार से हजार गुना बड़ा देखा जा सकता था। अगले दो सौ साल तक

इस उपकरण को परिष्कृत कर स्पेक्ट्रोस्कोप बनाया गया। इसके द्वारा न केवल ब्रह्माण्ड के दूसरे ग्रह-नक्षत्रों को देखा जा सकता था, बल्कि आकार के बारे में भी अनुमान लगाया जा सकता है।

सत्रहवीं शताब्दी में ब्रिटिश वैज्ञानिक और गणितज्ञ आइजक न्यूटन द्वारा प्रतिपादित गुरुत्व बल एवं गति के नियम मील के पत्थर साबित हुए। 1687 में न्यूटन ने 'प्रिंसिपिया मैथेमेटिका' नामक एक पुस्तक प्रकाशित की, जिसमें उन्होंने स्पष्ट किया कि ब्रह्माण्ड में प्रत्येक पिंड, एक दूसरे पिंड को अपनी ओर आकर्षित करता है और साथ ही प्रत्येक पिंड अपनी यथास्थिति भी बनाए रखने का प्रयास करता है। न्यूटन ने गति के तीन नियमों की व्याख्या भी की।

विज्ञान ने इस मुकाम तब पहुंचने से पहले कई दूसरे पड़ावों को भी पार किया। 1289 में उत्तल चश्मों का आविष्कार इटली के एक व्यक्ति द्वारा किया गया। सोलहवीं शताब्दी के अंत में नीदरलैंड के जेड़ जैनसन ने माइक्रोस्कोप की खोज की। सत्रहवीं शताब्दी में वैज्ञानिक विकास के चरणों में और तेजी आई। 1621 में स्लाईड रूल की खोज हुई एवं 1644 में टॉरिसेल ने बैरोमीटर का विकास किया। 1656 में अमेरिकी विज्ञानी सी हायगन्स ने लोलक घड़ी का एवं 1698 में ब्रिटेन के थामस सेवरी ने स्टीम इंजन का आविष्कार किया।

इस बीच चिकित्सा विज्ञान के क्षेत्र में भी काफी जानकारियां उपलब्ध हुई। 1316 में इटली के मानडिनों ने पहली बार शारीरिक संरचना के बारे में बताया। 1648 में बेल्जियम के ज्यां बैप्टिस्ट वैन हेलमंट ने जीव रसायन शास्त्र की स्थापना की एवं 1683 में ल्यूवेनहुक ने वैक्टीरिया की खोज की।

अठाहरवीं सदी में विज्ञान के कई और आयाम खुले। 1725 में चीन में मापिनी घड़ी बनी। 1735 में ब्रिटेन के हैरिसन द्वारा क्रोनोमीटर का आविष्कार किया गया। 1765 में वाष्प इंजन का कंडेंसर विकसित हुआ, जिसे ब्रिटेन के जेम्स वाट ने खोजा। 1766 में कैवडिस ने हाइड्रोजन का पता लगाया। 1769 में फ्रांसीसी वैज्ञानिक निकोलस कुगनोट ने वाष्प-कार का निर्माण किया। 1780 में बाईफोकल लैंस, 1783 में गुब्बारा, 1785 में

पावरलूम, 1787 में टेलीग्राफ का आविष्कार हुआ। फ्रांस के ए.जे. गारनेरिन ने 1787 में पैराशूट का निर्माण कर मनुष्य को हवा में कुलांचे मारने की विद्या सिखाई।

इसी सदी में ही 1768 में जान इंटर ने प्रायोगिक और शल्य पैथोलॉजी की नींव डाली। 1798 में ब्रिटेन के एडवर्ड जेन्नर ने टीके की खोज की। इस सदी के अंत में एंटमोलाजी का स्वरूप सामने आया।

उन्नीसवीं सदी में विज्ञान के चमत्कारपूर्ण आविष्कारों एवं उपलब्धियों ने मानव समाज को आश्चर्यचकित कर दिया। इस सदी की महत्वपूर्ण उपलब्धियां थीं, बिजली का बल्ब, रेडियो, सिनेमा, फोटोग्राफी, टेलीफोन आदि।

1800 में इटली के विज्ञानी वोल्टा ने बैट्री की खोज की। 1804 में ब्रिटेन में इंजन का निर्माण हुआ। 1805 में ब्रिटेन में ही इलैक्ट्रोप्लेटिंग की तकनीक विकसित हुई। 1807 में अमेरिकी वैज्ञानिक फुलर्टन ने पहली बार स्टीमबोट बनाई। 1808 में इटली के पी. टैरी ने टाईपराईटर का आविष्कार किया। 1824 में स्काटलैंड के जार्ज स्टीफेंसन ने रेलवे इंजन का आविष्कार किया। 1816 में सेफ्टी लैंप, 1817 में डेंटल प्लेट, 1824 में ब्रिटेन में पोर्टलैंड सीमेंट की खोज हुई। 1824 में इटली के स्टरजियन ने विद्युत चुंबक का आविष्कार किया। इसी वर्ष ब्रिटेन के डॉ. एम.एम. टयूरिंग ने इलैक्ट्रॉनिक कंप्यूटर का निर्माण किया। 1826 में माचिस की खोज हुई।

इन्हीं दिनों किसी हंसते-गाते क्षण को हमेशा के लिए सुरक्षित रखने हेतु, फोटोग्राफी को विकसित किया गया। 1830 में जुईस डेगुएरे ने कॉपर प्लेट का इस्तेमाल करते हुए सर्वप्रथम फोटोग्राफिक विधि विकसित की। उस विधि से किसी भी चित्र का मात्र एक प्रिंट ही बन सकता था। इसी दौरान ब्रिटेन के विलियम फॉक्स टालबोट ने कलोटाइप का निर्माण किया। इसकी सहायता से नेगेटिव इमेज बनाना संभव हुआ, जिसका पॉजीटिव चित्र प्रिंट किया जा सकता था। सबसे पहले अमेरिकी नागरिक अडुवियर्ड मुब्रिज ने मानवों और अन्य जानवरों के फोटो लिए।

1831 में माईकल फैराडे ने डायनमों की खोज की। 1834 में फ्रांस

में ए.एम. एम्पियर ने गैल्वनोमीटर का आविष्कार किया। 1831 में अमेरिका में टेलीग्राफिक संकेत की खोज हुई। 1843 में ब्रिटिश वैज्ञानिक ए. बैन ने फैक्स मशीन का निर्माण किया। 1842 में फ्रांसीसी विज्ञानी हेनरी गिफ्फार्ड ने वायुयान की खोज की। 1861 में अलेक्जेंडर पार्क्स ने सेल्यूलायड का एवं डॉ. गैटलिंग ने मशीनगन का निर्माण करके तहलका मचा दिया।

1864 में अमेरिका के जे. ग्राम ने विद्युत मोटर का आविष्कार किया। इसी वर्ष अमेरिकी वैज्ञानिक लूनिस द्वारा रेडियो टेलीग्राफी का आविष्कार किया गया। 1876 में अमेरिका के ग्रहाम बेल ने टेलीफोन का आविष्कार कर सबको हैरत में डाल दिया। बेल टेलीफोन कंपनी ने सबसे पहले लंबी दूरी की टेलीफोन लाइन बिछाई। यह लाइन न्यूयार्क और बोस्टन के बीच थी। 1856 में पहला टेलीफोन केबिल डाला गया।

महानतम आविष्कारों में से एडिसन ने 1877 में ग्रामोफोन का एवं 1878 में बिजली के बल्ब का आविष्कार किया। इसके बाद एडीसन बिजली से सारे शहर को रोशन करने के उपायों पर काम करते रहे, और 1882 में 54 ग्राहकों को एक ही जेनरेटर से बिजली की रोशनी दी।

1885 में फ्रांस के एल. प्रिंस ने फिल्म की खोज की। इस दिशा में पहल करते हुए फ्रांस के ई. जूल्स मैरी ने मूविंग पिक्चर कैमरा तैयार कर लिया। इस कैमरे में 12 तस्वीरें प्रति सेकेंड खींची जा सकती थीं। तत्पश्चात काइनेटोस्कोप से तस्वीरों में चलने-फिरने का अहसास होने लगा। 1895 में फ्रांस के जुईस और एगस्ते लुमिएरे नामक दो भाईयों ने पहली बार सार्वजनिक तौर पर सिनेमा का प्रदर्शन किया। परंतु सही मायने में फिल्म बीसवीं सदी में बनकर आई। 1927 में फिल्में बोलने लगीं और 1930 में इनमें रंग भरे गए।

1885 में जर्मनी के जी. हैमलर ने मोटरसाईकिल का निर्माण कर, आवागमन को और आसान बना दिया। 1888 में जर्मनी में पेट्रोल कार का आविष्कार कर इस दिशा में एक और कदम बढ़ाया। इसी वर्ष ब्रिटेन के एक टैस्ला ने इलैक्ट्रीक मोटर, ए.सी. की खोज की। इस क्षेत्र में एक ओर

महत्वपूर्ण कार्य हुआ 1895 में जब जर्मनी के आर. डीजल ने डीजल इंजन का निर्माण करने में सफलता पाई।

उन्नीसवीं सदी में चिकित्सा जगत में मारफीन की खोज प्रारंभ हुई और इसके अंत तक प्रतिरक्षा विज्ञान ने भी विकास कर लिया था। इस बीच रेने लैनेके का स्टेथोस्कोप, जेम्स सिंपसन का क्लोरोफार्म, लुई पाश्चर द्वारा रेबीज के टीके विकसित किए जाने की उपललब्धियां महत्वपूर्ण रहीं। 1872 में जर्मनी के फर्डिनान कोव को माईक्रोबायोलॉजी का जनक कहा गया। कुष्ठ रोग एवं हैजे के वायरस, मलेरिया और डिप्थीरिया के वायरस को खोज निकाला गया। अतः 1892 में बायरोलॉजी नाम से चिकित्साविज्ञान की नई शाखा की शरुआत हुई। अंततः हार्मोन के क्षेत्र में भी अनुसंधान प्रक्रिया चल पड़ी।

बीसवीं सदी तो विज्ञान का युग ही रहा है। इस सदी में विज्ञान और प्रौद्योगिकी का विकास हर क्षेत्र में हुआ है। इस सदी के आविष्कारों ने तो जैसे इतिहास को ही बदल डाला। चांद की धरती में मानव का पहला कदम पड़ा एवं मंगल की सतह पर रोबोट उतारे गए। परंतु इसी सदी में मानव निर्मित अणु बम विस्फोट से मानव जाति को भीषण संहार सहना पड़ा। इस घटना ने सभी को यह महसूस करने के लिए मजबूर किया कि वैज्ञानिक यांत्रिकता के साथ आध्यात्मिक भावनाओं का समागम एक अनिवार्य आवश्यकता है।

बीसवीं सदी में विज्ञान, कम्प्यूटर एवं टेक्नोलॉजी के क्षेत्र में इतना विकास हुआ है कि अगर इसे इससे पहले के समस्त ज्ञात मानव विकास को सम्मिलित रूप से एक ओर कर दिया जाए, तो भी यह उस पर भारी पड़ेगा। इसी विकास के साथ मनुष्य ने इक्कीसवीं सदी में प्रवेश किया है।

महत्वपूर्ण आविष्कार

विज्ञान ने जो प्रगति की है उसे वैज्ञानिक क्रान्ति कहा जाता है। इस वैज्ञानिक क्रान्ति ने, चाहे वह भौतिकी के क्षेत्र में हो, अन्तरिक्ष विज्ञान हो, पर्यावरण हो या चिकित्सा शास्त्र, रसायन शास्त्र हो या जीवन शास्त्र हो, सारे विश्व को एक 'ग्लोबल विलेज' के रूप में एक छतरी के नीचे लाकर

खड़ा कर दिया है। मानव जीवन में आमूल-चूल परिवर्तन लाने वाली कुछ खोजों को यहां संक्षेप में प्रस्तुत किया जा रहा है।

• बिजली

प्रकृति ने तो सूर्य, चन्द्रमा और तारों के माध्यम से मानव को प्रकाश से परिचित कराया और जिन्दगी का आधार बताया, लेकिन मानव ने बिजली की खोज करके तो चमत्कार ही कर दिया। आज का आधुनिक व्यक्ति तो बिना बिजली के रहने की कल्पना भी नहीं कर पा रहा। बिजली की इस खोज ने मानव जीवन को आसान करने में महत्वपूर्ण भूमिका निभाई है। बिजली के जनक माइकेल फेराडे ने 1821 में खोज की कि अगर किसी तार से विद्युत प्रवाह हो रहा हो, उसे चुम्बकीय क्षेत्र में रखा जाए तो उस पर एक बल कार्य करने लगेगा। फेराडे की इस खोज ने तो तहलका मचा दिया। इस खोज से विद्युत मोटर बनाने में सहायता मिली और डायनुमा का सफल प्रयोग हुआ। इसके 10 साल बाद चुम्बकीय क्षेत्र से तार में बिजली पैदा करने वाले वह पहले व्यक्ति बने।

ग्रामे नामक एक बेल्जियम आविष्कर्त्ता द्वारा 1870 में शक्तिशाली जनरेटर का आविष्कार किया गया जो आज विद्युत उत्पादन का सबसे उपयुक्त विकल्प है।

1878 में जोसेफ स्वान द्वारा आर्कलाइट से अलग कार्बन फिलामेन्ट बल्ब का आविष्कार किया गया। बाद में 1880 में थामस एल्वा एडीसन ने इसे पूर्ण रूप देकर लाईट बल्ब के नाम से प्रस्तुत किया गया।

• गुरुत्व बल

ब्रिटिश गणितज्ञ और भौतिक विज्ञानी सर इसाक न्यूटन ने गुरुत्वाकर्षण बल की खोज की। वे एक बाग में बैठे हुए थे, तभी सेब का एक फल पेड़ से टूट कर जमीन में गिरा। न्यूटन ने तुरन्त तर्क किया कि यह सेब का फल नीचे की ओर ही क्यों आया? यह ऊपर की ओर क्यों नहीं गया? गहराई से खोज करने पर न्यूटन को एहसास हुआ कि पृथ्वी में ज़रूर ऐसा कोई बल है जो वस्तुओं को अपनी ओर खींचता है। इस बल को ही गुरुत्व बल कहा गया। बाद में सघन प्रयोगों के बाद और विस्तृत रूप में कहा

गया कि सभी चीज़ें एक विशेष बल के तहत, एक दूसरे को अपनी ओर खींचती हैं और यही कारण है कि सभी ग्रह सूर्य के चारों ओर चक्कर लगाते हैं। गुरुत्व बल का यह सिद्धान्त भौतिकी का आधार स्तम्भ सिद्ध हुआ।

• उद्‍विकास

ब्रिटेन के प्रकृतिविद चार्ल्स डार्विन ने 1859 में जब मानव विकास का सिद्धान्त दिया तो इस धरती पर जीवन के विकास को लेकर हमारी जो परम्परागत मान्यताएं थी, वह टूट गईं। डार्विन ने वैज्ञानिक तरीके से हमें समझाया कि धरती पर जीवन का विकास कैसे हुआ। बताया गया कि समय के साथ सभी जीवों का विकास बहुत ही मन्द गति से हुआ। प्रकृति परिवर्तनशील है। प्रकृति में आए बदलावों को जो जीव अपने में समाहित कर ले गए अर्थात अपने आपको परिवर्तन के अनुसार समायोजित कर ले गए वे बच गए और आज उनकी पीढ़ी फल-फूल रही है। जो जीव प्रकृति के परिवर्तनों को नहीं झेल पाए, वे विनाश को प्राप्त हुए। डार्विन के इस सिद्धान्त को 'ओरिजन ऑफ स्पेसीज' नाम दिया गया।

• पेंसिलीन

शरीर को बीमार करने वाले घातक जीवाणुओं को खतम करने के लिए एंटी बायोटिक्स दवाओं का इस्तेमाल किया जाता है। इन्हीं दवाओं में से 1925 में अलेक्जेण्डर फ्लेमिंग ने पेंसिलीन नामक औषधि का आविष्कार किया जो आज एक असरदार एन्टी बायोटिक औषधि मानी जाती है। फ्लेमिंग ने इस औषधि की खोज अपनी ही प्रयोगशाला में कवक और फफूंद के माध्यम से की। आज संक्रमण रोगों को रोकने में यह एक महत्वपूर्ण औषधि मानी जाती है।

• सौरमण्डल

पोलैण्ड के खगोल शास्त्री निकोलस कॉपरनिक्स ने इस बात की पुष्टि की कि सूर्य नामक ग्रह, सौरमण्डल के केन्द्र में स्थित एक स्थिर पिण्ड है। और सभी ग्रह सूर्य के चारों ओर चक्कर लगाते हैं। इस सिद्धान्त के आने से पूर्व खगोल शास्त्री मानते थे कि पृथ्वी सौर मण्डल के केन्द्र में स्थित है

और अन्य ग्रह पृथ्वी का चक्कर लगाते हैं। कॉपरनिक्स के सिद्धान्त के बाद से सौरमण्डल के सम्बन्ध में अनेक महत्वपूर्ण खोजें हुई।

• बैक्टीरिया

प्राचीन काल में लोगों को यह नहीं मालूम था कि हम बीमार क्यों होते हैं? दूध से दही कैसे बन जाता है? वर्ष 1860 में फ्रांस के रसायन शास्त्री लुई पाश्चर ने खोज की कि हमारे वातावरण में अति सूक्ष्म जीवाणु रहते हैं, जो हमें किसी न किसी रूप में प्रभावित करते हैं। बाद में इन सूक्ष्म जीवाणुओं को बैक्टीरिया नाम दिया गया। इन सूक्ष्म जीवाणुओं से ही घातक बीमारियां और महामारियां फैलती हैं। इस खोज से लोगों के उपचार में भारी सफलता मिली।

• डी.एन.ए.

अमेरिकन विज्ञानी जेम्स वाटसन और ब्रिटिश विज्ञानी फ्रांसिस क्रिक ने 1953 में डी.एन.ए. की खोज करके मानव विज्ञान के क्षेत्र में क्रान्तिकारी परिवर्तन ला दिए। इन दोनों वैज्ञानिकों ने डी. ऑक्सी राइबो न्यूक्लियक एसिड की दोहरी कुण्डलित संरचना का पता लगाया। संक्षेप में इसे डीएनए कहा गया। इस खोज में बताया गया कि अनुवांशिक गुण और दोषों के लिए डीएनए ही ज़िम्मेदार होता है। यह आपस में लिपटे हुए दो धागे जैसे होते हैं। मानव शरीर के जीन्स इन्हीं डीएनए से बने होते हैं। डीएनए के माध्यम से रोगों का पता लगाने में सहायता मिलती है। इस खोज के लिए 1962 में इन दोनों वैज्ञानिकों को नोबेल पुरस्कार मिला।

• एनेस्थीसिया

अंग्रेज वैज्ञानिक जोसेफ प्रीस्टले ने एनेस्थीसिया नामक बेहोश करने वाली दवा की खोज करके, शल्य चिकित्सा के क्षेत्र में रोगी और डॉक्टर दोनों को भारी मुशीबत से बचा लिया। जब बेहोश करने की यह दवा नहीं थी तब शल्य क्रिया में कितना कष्ट होता होगा, इसकी कल्पना करके ही रोंगटे खड़े हो जाते हैं। तब शल्यक्रिया सचेत अवस्था में होती थी और यह सचेत अवस्था रोगी और डॉक्टर दोनों के लिए एक मुसीबत थी। पहले रोगी को अफीम खिलाकर या रोगी की आंखें बन्द करके, दांतों के

बीच में चमड़े का टुकड़ा रखकर, रोगी को कसकर बांधा जाता था। तब अर्धमूर्छित अवस्था में शल्य क्रिया की जाती थी। रोगी को बहुत कष्ट होता था। लेकिन अब एनेस्थिसिया के प्रयोग से बेहोश हो जाने के बाद रोगी को शल्य क्रिया का पता ही नहीं चलता।

• एक्स-रे

जर्मन भौतिक विज्ञानी विलहेल्म रोएंटाजेन ने 1895 में एक्स-रे किरणों की खोज की। इन किरणों की एक खासियत यह होती है कि यह मांस और लकड़ी के आर-पार भी हो जाती हैं जिसके कारण शरीर के अन्दर स्थित तत्त्वों का पता आसानी से लग जाता है, यहाँ तक कि शरीर में टूटी हुई हड्डियों तक का पता लग जाता है। इस खोज के लिए रोएंन्टाजेन को 1901 का नोबेल पुरस्कार दिया गया।

• एचआईवी एड्स

फ्रांस के लुक मांटेगनीयर और अमेरिका के रॉबर्ट गालो ने एचआईवी वायरस की खोज 1983 में की। इस खोज से पता लगा कि एचआईवी वायरस के द्वारा ही एड्स फैलता है। इस वायरस के माध्यम से एड्स से पीड़ित व्यक्ति की खोज में सहायता मिली।

• सापेक्षिता का सिद्धान्त

1905 में अल्बर्ट आईंस्टीन ने सापेक्षिता के सिद्धान्त का प्रतिपादन किया। इस सिद्धान्त में चाल, समय और दूरी का सम्बन्ध स्थापित किया गया। इसी सिद्धान्त में बताया गया कि प्रकाश की गति हमेशा एक जैसी होती है। आज यह सिद्धान्त आधुनिक विज्ञान का आधार बना हुआ है।

• क्वांटम सिद्धान्त

डेनमार्क के भौतिक शास्त्री नील बोर ने अणु सरंचना से सम्बन्धित इस सिद्धान्त का प्रतिपादन किया, जिसे बाद में क्वांटम सिद्धान्त कहा गया। बोर के इस सिद्धान्त ने अणुसंरचना को समझने में काफी महत्वपूर्ण भूमिका निभाई, जिसके कारण परमाणु बम का विकास हो सका। इस खोज के लिए नील बोर को 1922 का नोबेल पुरस्कार दिया गया।

• ब्रेल लिपि

जब अन्धों को शिक्षित करने की कल्पना भी नहीं की जा रही थी, तब 1829 में लुई ब्रेल नामक विज्ञानी ने ब्रेल लिपि का विकास करके, अन्धों के लिए पढ़ाई का रास्ता खोल दिया। इस लिपि में कागज में विशेष छिद्र करके लिपि का निर्माण किया जाता है। अन्धे व्यक्तियों द्वारा हाथों से इन छिद्रों को छू कर अक्षरों का अध्ययन किया जाता है। इस सुविधा के कारण आज अन्धे व्यक्ति उच्च शिक्षा भी प्राप्त कर रहे हैं।

• टेलीग्राफ

1830 में व्हिटस्टोन एवं कुक ने ब्रिटेन में सबसे पहले इलेक्ट्रिक टेलीग्राफ सिस्टम की शुरुआत की। बाद में 1844 में सैमुअल मोर्स ने इस पद्धति में कोड सिस्टम लागू करके सन्देश भेजने का काम शुरू किया। इस आविष्कार को संचार के क्षेत्र में क्रान्तिकारी आविष्कार माना गया।

• माचिस

जान लुस्ट्राम नामक व्यक्ति ने 1856 में पहली माचिस की तीली जलाकर अग्नि तत्त्व को सुरक्षित रखने एवं आवश्यकतानुसार उसके प्रयोग को सम्भव बनाने का काम किया। इससे पहले पत्थर या लकड़ी के टुकड़ों को रगड़ कर अग्नि उत्पन्न की जाती थी। इस आविष्कार से पहले अग्नि को सुरक्षित रखने में बड़ी कठिनाई होती थी।

• जीन्स

आज हर व्यक्ति जीन्स नामक कपड़े के सिले सिलाए वस्त्र पहने घूम रहा है। आज इसका पहनावा विश्व प्रसिद्ध है। पूर्व में इसे गड़रिये के वस्त्र के नाम से जाना जाता था। 1853 में पहली बार लेबी स्ट्रास द्वारा खदानों में काम करने वाले मजदूरों के लिए इस कपड़े का आविष्कार किया गया था, क्योंकि इस कपड़े में गन्दगी और घिसावट आदि का प्रभाव कम पड़ता था। जल्दी फटता नहीं तथा शरीर को सुरक्षित रखता है। लेकिन आज यह सम्भ्रान्त लोगों, खासकर किशोरों और नवजवानों के पहनावे का मुख्य हिस्सा हो गया है।

• अणुबम

1944 में अमेरिका द्वारा पहला अणुबम परीक्षण बिकिन एटाल पर किया गया। बाद में 6 अगस्त 1945 को पहला विनाशकारी अणुबम हिरोशिमा में डाला गया। हिरोशिमा में बम के गिरने के स्थान के 13 वर्ग कि.मी. के क्षेत्र में सब कुछ नष्ट हो गया। यह विज्ञान का विनाशकारी पक्ष है। इससे पहले परमाणु विखण्डन पर शोध का कार्य 1919 में रदरफोर्ड द्वारा किया जा चुका था।

• कार

उद्योगपति हेनरीफोर्ड द्वारा 1908 में छोटी कार विश्व के समक्ष प्रस्तुत की गई। इस प्रकार औद्योगिक व परिवहन के क्षेत्र में क्रान्ति लाने का कार्य हेनरी फोर्ड द्वारा किया गया। आज घर-घर में कार उपलब्ध होना उन्हीं की देन है।

• बेतार का तार

प्रसिद्ध वैज्ञानिक मारकोनी ने 1895 में रेडियो तरंगों का प्रयोग संचार के लिए किया। यह संचार क्रान्ति की शुरुआत थी। बाद में उन्होंने बेतार के तार द्वारा सबसे पहला सन्देश भेजकर विश्व की दूरी को बहुत ही कम कर दिया। आज फैक्स मशीन, इन्टरनेट आदि की सुविधा इसी वैज्ञानिक की देन है। इस खोज के लिए मारकोनी को 1909 में नोबेल पुरस्कार से सम्मानित किया गया।

• कम्प्यूटर

मानव मस्तिष्क की तरह काम करने वाला कम्प्यूटर नामक यन्त्र अपने सुधरे हुए रूप में 1980 में प्रस्तुत किया गया। आज उसका विकसित रूप पर्सनल कम्प्यूटर और लैपटॉप आदि हर युवा के हाथों में है।

इन खोजों के अलावा भी वैज्ञानिकों द्वारा बहुत कुछ किया गया है, किया जा रहा है और आशा है कि बहुत कुछ किया जाता रहेगा। अभी पिछले दशकों में ही एड्स की रोकथाम हेतु विभिन्न प्रकार के अध्ययन किए गए। कम्प्यूटर, इन्टरनेट, वर्ल्डवाइड वेब के बढ़ते स्वरूप ने तो एक डिजिटल पीढ़ी ही तैयार कर दी। इसी डिजिटल इलैक्ट्रॉनिक क्रान्ति के

माध्यम से इलैक्ट्रॉनिक मीडिया ने अपना अन्तर्राष्ट्रीय स्वरूप बना लिया। कैंसर एवं हृदय रोगों से होने वाली मौतों की रोकथाम के लिए जेनेटिक इन्जीनियरिंग ने अपने कदम आगे बढ़ाए। इस क्लोनिंग के क्षेत्र में भेड़ों और मुर्गियों पर सफल प्रयोग नस्ल के क्षेत्र में एक बहुत बड़ी उपलब्धि है। वीडियो उपग्रहों से प्रसारण द्वारा एक व्यापक नेटवर्क का निर्माण हुआ जिसके कारण केबल टी-वी- घर-घर पहुंच गया।

सचमुच में वैज्ञानिकों को साधुवाद दिया जाना चाहिए और विज्ञान के इस स्वरूप को जो आज विकसित अवस्था में नज़र आता है, एक क्रान्तिकारी परिवर्तन मानते हुए इस उम्मीद में रहना चाहिए कि आने वाले दिनों में और क्रान्तिकारी खोजें होंगी। आज के विज्ञान को चाहे जेट एज कहा जाए या डिजिटल एज, या इलैक्ट्रॉनिक एज या माईक्रो चिप्स एज कहा जाए, इसने विश्व को सिकोड़कर सारे विश्ववासियों को एक दूसरे के समीप ला कर खड़ा कर दिया है। विज्ञान ने **वसुधैव कुटुम्बकम** की स्थिति ला दी है। लेकिन दूसरी ओर इसी विज्ञान के कारण आज का मानव तनाव की स्थिति में है। आपाधापी की जिन्दगी जी रहा है। उसके पास शान्ति का अभाव है। आत्महत्याएं बढ़ रही हैं। परिवार टूट रहे हैं। लोग एक दूसरे से दूरी बना रहे हैं और अपने आप में सिकुड़ते जा रहे हैं। शायद विज्ञान ने हमारे विकास का कलेवर तो बना दिया है, लेकिन अभी हमारी मानसिकता नहीं विकसित हो पाई है कि हम कह सकें कि हम एक **'ग्लोबल ग्राम'** में रह रहे हैं। शायद यह आध्यात्मिकता की कमी है। जैसे वैज्ञानिक क्रान्ति आई है, उसी प्रकार हमें आध्यात्मिक क्रान्ति भी लानी होगी, ताकि हम अपना आन्तरिक विकास करके शान्ति पूर्वक रह सकें।

7

क्या इस महा खोज से ब्लैक होल बनेंगे?

एक ओर गॉड पार्टिकल को खोज लेने का दावा करके जश्न मनाया जा रहा है, और इस खोज से भविष्य में होने वाले फायदों की लम्बी चौड़ी सूची गिनाई जा रही है। दूसरी ओर यह भी कहा जा रहा है कि अभी निश्चित रूप से नहीं कहा जा सकता कि खोजा गया कण गॉड पार्टिकल ही है। यह खोज प्रारम्भिक अवस्था में है। कहा जा रहा है कि अभी आंकड़ों का विश्लेषण बाकी है। दुनिया में वैज्ञानिकों और विशेषज्ञों का एक वर्ग ऐसा भी है, जो कह रहा है कि इस महा खोज से भ्रम की स्थिति उत्पन्न हो गई है। इस वर्ग का मानना है कि इस प्रयोग से ब्लैक होल का निर्माण होगा जो पृथ्वी के लिए घातक हो सकता है।

आम पाठकों की जिज्ञासा को शान्त करने के लिए यहां पर ब्लैक होल्स के सम्बन्ध में जानकारी देना आवश्यक हो गया है, क्योंकि किसी प्रयोग के लिए भ्रम की स्थिति ठीक नहीं होती है।

ब्लैक होल क्या होते हैं?

ब्लैक होल शब्द का उद्‌गम बहुत पुराना नहीं है। यद्यपि ब्लैक होल की परिकल्पना पर रोजर पेनरोज नामक भौतिक विज्ञानी 1956 से ही काम कर रहे थे, लेकिन 1969 में एक अमेरिकी वैज्ञानिक जॉन व्हीलर द्वारा इस शब्द

की रचना की गई। जॉन व्हीलर से काफी समय पहले इस सम्बन्ध में कैम्ब्रिज विश्वविद्यालय के प्रोफेसर जॉन मिशेल द्वारा रॉयल सोसाईटी की वैज्ञानिक शोध पत्रिका में एक शोध पत्र प्रकाशित कराया गया था। इसमें मिशेल ने बताया था कि एक ऐसा तारा जो पर्याप्त रूप से भारी तथा सघन हो, का गुरुत्व बल इतना प्रबल होगा कि वह प्रकाश की किरणों को भी बाहर नहीं जाने देगा। तारे के पृष्ठ तल से उत्पन्न कोई भी प्रकाश बहुत दूर जाने से पहले ही गुरुत्वबल के कारण वापस खींच लिया जाएगा। मिशेल द्वारा यह भी आंशका व्यक्त की गई थी कि इस प्रकार के तारों की संख्या बहुत अधिक हो सकती है। यद्यपि हम इन तारों को देख नहीं सकेंगे। क्योंकि उनका प्रकाश हम तक नहीं पहुंच सकेगा लेकिन इनके गुरुत्वबल को हम महसूस कर सकेंगे। इन अदृश्य पिण्डों को ही हम ब्लैक होल कहते हैं।

इस प्रकार कहा जा सकता है कि ब्लैक होल एक अत्यधिक घनत्व वाला पिण्ड है, जिसके गुरुत्वबल से प्रकाश की किरणों का भी बच पाना असम्भव है। ब्लैक होल में बहुत ही कम क्षेत्र में इतना अधिक द्रव्यमान होता है कि उससे उत्पन्न गुरुत्वबल किसी भी अन्य बल से अत्यधिक शक्तिशाली हो जाता है। ब्लैक होल की उपस्थिति का ज्ञान 18 वीं सदी में उस समय तक ज्ञात गुरुत्वाकर्षण के नियमों के कारण हुआ था। गुरुत्वबल के नियमों के अनुसार किसी पिण्ड का जितना ज़्यादा द्रव्यमान होगा या उसका आकार जितना छोटा होगा, उस पिण्ड की तली में उतना ही अधिक गुरुत्वबल महसूस किया जाएगा, और इस गुरुत्व बल से किसी का भी बचना सम्भव नहीं होगा। यहां तक कि प्रकाश भी नहीं बच पाएगा। भौतिक विज्ञानियों ने पाया कि ब्लैक होल के पास कॉल एवं अन्तराल के विचित्र गुण धर्म होते हैं, इसीलिए ब्लैक होल पर लिखना-पढ़ना फंतासी लेखकों को पसन्द आता है। लेकिन ब्लैक होल फंतासी नहीं है वरन इनका अस्तित्व होता है। जब किसी महाकाय तारे की मृत्यु होती है तब एक ब्लैक होल का जन्म होता है। यह प्रक्रिया चलती ही रहती है। अतः माना जाता है कि हमारा ब्रह्माण्ड ब्लैक होलों से भरा पड़ा है और इन्होंने ब्रह्मण्ड को आकार देने में महत्वपूर्ण भूमिका निभाई है।

ब्लैक होल चूंकि केवल किसी तारे से ही बन सकता है। ग्रहों से

नहीं। अतः तारे के निर्मित होने की प्रक्रिया की भी जानकारी आवश्यक है। कोई भी तारा उस समय अस्तित्व में आता है, जब हाइड्रोजन गैस गुरुत्व बल के कारण विशाल मात्रा में एक स्थान पर एकत्र हो जाती है और एक गोला सा बन जाता है। गुरुत्व बल के कारण चूंकि गैस बाहर नहीं जा पाती। अतः गैस सघन होती जाती है। जैसे-जैसे सघनता बढ़ती जाती है वैसे ही गैस के परमाणु अधिक से अधिक तीव्रता से निरन्तर बढ़ते हुए वेग के साथ एक दूसरे से टकराते रहते हैं। इस टक्कर के कारण गैस का ताप बढ़ जाता है। धीर-धीरे गैस का ताप इतना अधिक बढ़ जाता है कि जब हाइड्रोजन के परमाणु एक दूसरे से टकराएंगे तो वे टकराकर उछलेंगे नहीं, वरन हीलियम का निर्माण करने के लिए आपस में जुड़ जाएंगे। इस रासायनिक क्रिया के कारण चमक के साथ ऊर्जा बाहर निकलती है और तारा दूर से चमकता हुआ दिखाई देता है। बाहर निकलती हुई यह ऊष्मा भी गैस के दबाव को उस समय तक बढ़ाती जाती है जब तक कि यह गुरुत्व बल को सन्तुलित करने के लिए पर्याप्त न हो जाए और गैस का संकुचन बन्द न हो जाए। और अधिक सरल भाषा में समझने के लिए हम इसकी तुलना गुब्बारे से कर सकते हैं। जैसे गुब्बारे में अन्दर वायु के दबाव और बाहर रबड़ के पृष्ठतल के तनाव के बीच एक सन्तुलन होता है। इसी सन्तुलन के कारण गुब्बारा अपनी यथास्थिति में रहता है, क्योंकि अन्दर वायु का दबाव गुब्बारे को फुलाने की कोशिश करता है जबकि रबड़ का पृष्ठतल दबाव द्वारा गुब्बारे को छोटा करने का प्रयास करता है। इसी प्रकार नाभिकीय अभिक्रिया से निकली ऊर्जा तारे के गुरुत्त्वाकर्षण को सन्तुलित रखती है और तारा एक प्रकार से अपने स्थान पर लम्बे समय तक स्थिर दिखाई देता है। लेकिन धीरे-धीरे इस तारे की हाइड्रोजन गैस और अन्य नाभिकीय ईंधन समाप्त होना शुरू हो जाएगा। ईंधन समाप्त होने की भी गति होती है। कहते हैं कि जितने अधिक ईंधन के साथ तारा शुरू होता है उतनी ही जल्दी वह अपना ईंधन समाप्त कर लेता है क्योंकि कोई भी तारा जितना बड़ा होगा, उसके गुरुत्त्वाकर्षण को सन्तुलित करने के लिए उतनी ही अधिक ऊर्जा की आवश्यकता होती है। और जिस तारे का ताप जितना अधिक होगा,

वह अपने ईंधन को उतनी ही तेजी से खपत करके समाप्त कर देगा। जब किसी ऊर्जावान तारे का नाभिकीय ईंधन समाप्त हो जाता है तब क्या होता है? इस सम्बन्ध में स्टीफ़न हॉकिंग ने एक थ्योरी प्रस्तुत की। उनके अनुसार जब किसी तारे का नाभिकीय ईंधन समाप्त हो जाता है, तो वह अपने ही गुरुत्त्वाकर्षण के बल के कारण सिकुड़ कर छोटा होता जाता है जैसे-जैसे उसकी ऊर्जा खत्म होती है वह ठंडा होना शुरू हो जाता है। उसका आकार तो घटता जाता है, लेकिन उसका गुरुत्त्व बल बढ़ता जाता है, और इसी बढ़े हुए गुरुत्त्वबल के कारण वह तारा अन्य वस्तुओं, यहां तक कि प्रकाश की किरणों को भी अपनी ओर खींच लेता है। इसी सिकुड़े हुए तारे को ब्लैक होल कहा गया। लेकिन इसके बाद समस्या यह उत्पन्न हुई कि जब तारा सिकुड़ कर शून्य हो जाएगा तब क्या स्थिति होगी? इस सम्बन्ध में सबसे पहले 1928 में भारतीय वैज्ञानिक एस. चन्द्रशेखर द्वारा अपना मत रखा गया। उनके अनुसार बचा हुआ तारा यदि सूर्य के द्रव्यमान के 1.4 गुना से कम होगा तो वह श्वेत वामन तारा बन जाता है। जबकि 1.4 गुने से ज़्यादा भारी तारे अपने द्रव्यमान को नियन्त्रित नहीं कर पाते हैं। इनका केन्द्र अचानक सिकुड जाता है, इस अचानक सिकुड़न के कारण तारे की बाहरी सतहें एक महा विस्फोट के साथ केन्द्र से दूर चली जाती है। इसी विस्फोट को सुपरनोवा कहा जाता है। विस्फोट के बाद बचा हुआ तारा न्यूट्रॉन तारा बन जाता है। यदि बचे तारे का द्रव्यमान 4 सूर्य द्रव्यमान से अधिक होता है तो उसके केन्द्र में अन्ततः गुरुत्वाकर्षण की विजय होती है। वह सारे परमाणिक और नाभकीय बलों को तहस-नहस करते हुए एक बिन्दु के रूप में परिवर्तित हो जाता है जिसे ब्लैक होल कहा जाता है।

ब्लैक होल कैसे बड़े होते हैं?

कहा जाता है कि ब्लैक होल का द्रव्यमान अपने आस-पास के पदार्थ को निगल जाता है। उसके घटना क्षितिज में आने वाला हर पदार्थ उसके गुरुत्व बल की चपेट में आ जाता है और ब्लैक होल में समा जाता है। एक बार ब्लैक होल की चपेट में आया पदार्थ फिर बाहर नहीं निकल

सकता। इसी कारण ब्लैक होलों का आकार बढ़ता रहता है। ब्लैक होल का मुख्य भोजन मुख्यतः गैस एवं धूल होती है जो ब्रह्माण्ड के रिक्त स्थान पर फैली हुई होती है। कुछ ब्लैक होल पूरे तारे को भी निगल सकते हैं। ब्लैक होल दूसरे ब्लैक होल से टकरा कर भी आपस में विलय के द्वारा बड़े हो सकते हैं। ब्लैक होल के आकार में इन परिवर्तनों से ब्लैक होल की उपस्थिति सिद्ध होती है।

ब्लैक होल कैसे दिखता है?

अभी तक, ब्लैक होल को देखा नहीं जा सका है और न ही उसका कोई चित्र उपलब्ध है क्योंकि ब्लैक होल में प्रकाश का अभाव है। वहां से प्रकाश की किरणें भी नहीं निकल सकतीं। कहा जाता है कि ब्लैक होल एक काली चकत्ती जैसा होता है, क्योंकि ब्लैक होल के घटना क्षितिज के सम्पर्क में आने वाली प्रकाश की किरणें भी ब्लैक होल में समा जाती हैं। ब्लैक होल के घटना क्षितिज से थोड़ी दूर से गुज़रने वाली प्रकाश किरणें ब्लैक होल की चपेट में तो नहीं आती हैं लेकिन उनके पथ में वक्रता आ जाती है। इसी कारण से ब्लैक होल की पृष्ठभूमि का तारामंडल, विकृत नज़र आता है। वैज्ञानिकों को आशा है कि निकट भविष्य में ब्लैक होल को देखा जा सकेगा।

क्या दो ब्लैक होल आपस में टकरा सकते हैं?

चूंकि ब्रह्माण्ड में असंख्य ब्लैक होल हैं। अतः उनके आपस में टकराने की पूरी सम्भावना है। जब दो ब्लैक होल एक दूसरे के इतने निकट आ जाते हैं कि वे एक दूसरे के गुरुत्वबल से नहीं बच पाते, तो दोनों ब्लैक होल में विलय हो जाता है और एक महाकाय ब्लैक होल उत्पन्न हो जाता है। लेकिन ऐसी कोई भी घटना अत्यन्त विनाशकारी होगी क्योंकि दोनों ब्लैक होल के आपस में टकराने और विलय होने से बड़ी मात्रा में ऊर्जा उत्पन्न होगी और विशालकाय गुरुत्वीय तरंगें उत्पन्न होंगी। जो घातक हो सकती हैं।

ब्लैक होल के अन्दर क्या होता है?

अब तक वैज्ञानिक ब्लैक होल को उसके घटना क्षितिज तक ही देख पाए

हैं। घटना क्षितिज के सम्पर्क में आने के बाद क्या होता है। इसे अभी तक देखा नहीं जा सका है, क्योंकि कोई पदार्थ या प्रकाश ब्लैक होल के सम्पर्क में आने के बाद वापस नहीं आया। यदि ब्लैक होल के अन्दर कोई जांच यान भी भेजा जाए, तो उसके द्वारा भेजे जाने वाले संकेत या सन्देश या किरणें या रेडियो तरंगें तक ब्लैक होल द्वारा अवशोषित कर ली जाएंगी। वर्तमान में उपलब्ध भौतिकी के सिद्धान्तों के अनुसार ब्लैक होल में पदार्थ एक बिन्दु के रूप में इकट्ठे होते रहते हैं लेकिन अभी तक यह ज्ञात नहीं किया जा सका कि यह पदार्थ आगे क्या प्रतिक्रिया करते हैं।

ब्लैक होल की आयु कितनी है?

लोगों की जिज्ञासा यह जानने में है कि क्या ब्लैक होल चिरंजीवी होते हैं। माना जाता है कि चूंकि ब्लैक होल के गुरुत्व बल के सम्पर्क में आने पर कुछ नहीं बच पाता। अतः ब्लैक होल का विनाश असम्भव प्रतीत होता है। अतः कहा जा सकता है कि ब्लैक होल दीर्घजीवी होते हैं। दूसरी ओर यह भी कहा जाता है कि ब्लैक होल वाष्पित भी होते रहते हैं, और वे अपनी ऊर्जा धीर-धीरे ब्रह्माण्ड को वापस कर देते हैं। अतः एक लम्बे काल के बाद ब्लैक होल समाप्त भी हो सकते हैं।

ब्लैक होल कितनी तरह के होते हैं?

कहा जाता है कि सभी ब्लैक होल एक ही तरह के होते हैं लेकिन वे एक दूसरे से भिन्न लगते हैं, क्योंकि उनके आस-पास के क्षेत्र में विभिन्नता होती है। सभी ब्लैक होलों के तीन गुण धर्म बताए जाते हैं।

- द्रव्यमान अर्थात वह कितनी मात्रा के पदार्थ से निर्मित है।
- घूर्णन अर्थात वह घूर्णन कर रहा है या नहीं और अपने अक्ष पर उसके घूर्णन की गति।
- विद्युत आवेश

कहते हैं कि ब्लैक होल जिसको भी निगलता है वह उसके बाकी सभी जटिल से जटिल गुण धर्मों को मिटा देता है। खगोल विदों

ने अभी तक दो तरह के ब्लैक होल का पता लगाया है।

1. तारकीय द्रव्यमान वाले : जिनका द्रव्यमान सूर्य से कुछ गुना ज़्यादा हो।

2. अति भारी ब्लैक होल : जिनका द्रव्यमान किसी छोटी आकाशगंगा के तुल्य होता है।

खगोल शास्त्री ब्लैक होल को कैसे देख लेते हैं?

जब हम अन्तरिक्ष की ओर देखते हैं तब हम तारों व अन्य पिण्डों से आ रहे प्रकाश को देखते हैं। हजारों वर्षों से भारतीय और अन्य प्राचीन सभ्यताओं के खगोल शास्त्री, रात्रि निरीक्षण करके तरह-तरह के निष्कर्ष निकालते रहे हैं और कई सिद्धान्तों का प्रतिपादन किया है। चूंकि मानव आंखें अन्तरिक्ष में दूर तक देख सकने में सक्षम नहीं हैं। अतः इसके लिए आधुनिक संवेदनशील दूरबीनों का प्रयोग किया जाता है।

ब्रह्माण्ड में उपस्थित ब्लैक होल किसी तरह का प्रकाश उत्सर्जित नहीं करते लेकिन खगोल विज्ञानियों ने उन्हें खोज लिया है और ढेरों जानकारी एकत्र कर ली हैं। यह जानकारी ब्लैक होल के आस-पास के पदार्थों द्वारा उत्सर्जित दृश्य प्रकाश, एक्स किरण और रेडियो तरंगों के माध्यम से प्राप्त की जाती है। उदाहरण के लिए जब एक सामान्य तारा किसी ब्लैक होल की परिक्रमा करता है तब हम उस तारे की गति और दृश्य प्रकाश का पता लगा सकते हैं। उस तारे की गति और गुरुत्व बल के सिद्धान्त से यह पता लगाया जा सकता है कि वह किसी अन्य पिण्ड की परिक्रमा कर रहा है या ब्लैक होल की कर रहा है। इस विधि से ब्लैक होल के द्रव्यमान का भी पता लग सकता है। दूसरे रूप में जब गैस किसी ब्लैक होल की परिक्रमा करती है तब वह घर्षण के कारण अत्यधिक गर्म होकर एक्स किरणों और रेडियो तरंगों का उत्सर्जन करती है और इन किरणों और तरंगों के माध्यम से ब्लैक होल का पता लगा लिया जाता है।

ब्रह्माण्ड में कितने ब्लैक होल हैं?

कहा जाता है कि ब्रह्माण्ड में ब्लैक होलों की संख्या इतनी ज़्यादा है जिनकी

गिनती नहीं की जा सकती। यह उसी प्रकार होगा जैसा समुद्र के किनारे के रेत के कणों की गिनती की जाए। अच्छी बात यह है कि ब्राह्माण्ड हमारी कल्पना से भी बड़ा है और पृथ्वी को हानि पहुंचा सकने वाली सीमा में कोई ब्लैक होल नहीं है। तारकीय द्रव्यमान वाले ब्लैक होल महाकाय तारों के जीवन के अन्त में हुए सुपरनोवा विस्फोट के पश्चात बचे हुए केन्द्रक से बनते हैं, और माना जाता है कि हमारी आकाश गंगा में 100 अरब तारे हैं। अनुमान के अनुसार हजार में से एक तारा ब्लैक होल बनने लायक द्रव्यमान वाला होता है। इस प्रकार हमारी आकाश गंगा में ही कम से कम 10 करोड़ तारकीय द्रव्यमान वाले ब्लैक होल होने चाहिए। पृथ्वी में दृश्य ब्रह्माण्ड में लगभग 100 अरब आकाशगंगाएं हैं। अतः इनमें से सभी में लगभग 10 करोड़ ब्लैक होल होने चाहिए। वैसे भी कहा जाता है कि लगभग हर सेकेण्ड में एक सुपरनोवा विस्फोट होता है जिससे ब्लैक होल बनता है। अतः ब्लैक होलों की गणना करना सम्भव नहीं है केवल अनुमान लगाया जा सकता है।

ब्लैक होलों के सम्बन्ध में तमाम तरह की जानकारी प्राप्त करने के बाद हमारा मूल सवाल ज्यों का त्यों रह जाता है। अर्थात लोगों की जिज्ञासा है कि क्या गॉड पार्टिकल को खोजने के लिए किए जा रहे इस महा प्रयोग से ब्लैक होल बन सकता है या ब्लैक होल जैसी स्थिति पैदा हो सकती है जिससे पृथ्वी को हानि पहुंचे। खगोलविदों और वैज्ञानिकों ने इस आशंका को निर्मूल बताया है। और कहा है कि इस प्रयोग से ब्लैक होल बनने की कोई सम्भावना नहीं है।

8

गॉड पार्टिकल : क्या सच, क्या झूठ!

यदि कहा जाए कि वर्ष 2012 भौतिक विज्ञान के लिए वरदान रहा तो कोई बड़ी बात नहीं होगी। इसी वर्ष में गॉड पार्टिकल को खोज लेने का दावा किया गया है। गॉड पार्टिकल की खोज से आम जनता के लिए दो दर्जन से भी ज़्यादा फायदे गिनाए जा रहे हैं। वैज्ञानिक यह कह रहे हैं कि हमने ठान लिया था कि वर्ष 2012 में या तो हिग्स बोसोन को खोज लेंगे या फिर हिग्स सिद्धान्त को खारिज कर देंगे। लेकिन खुशी की बात है कि हिग्स बोसोन की झलक वैज्ञानिकों को मिल गई है। यह एक ऐतिहासिक खोज सिद्ध हुई। यदि गॉड पार्टिकल न खोजा गया होता तो शायद भौतिकी का स्टैण्डर्ड मॉडल अधूरा रह जाता और भौतिकी के कई सिद्धान्त चरमरा जाते और इन सिद्धान्तों की नए सिरे से कल्पना करनी पड़ती तथा ब्रह्माण्ड सम्बन्धी सभी सवाल अनसुलझे रह जाते।

इसमें शक नहीं कि लगभग 10 अरब अमेरिकी डॉलर की लागत से पूरी हुई यह खोज कई मायनों में युगान्तकारी है। इस खोज को यदि सदी की सबसे बड़ी खोज कहा जाए तो कोई अतिश्योक्ति नहीं होगी। इस खोज ने ब्रह्माण्ड के अर्थात काल, पात्र, समय, वस्तु और स्थान आदि के

अनसुलझे रहस्यों को समझने के लिए उम्मीदों का द्वार खोल दिया है। इसकी मदद से भौतिक विज्ञानी ग्रह, नक्षत्र, उपग्रह तारे, निहारिका आदि के निर्माण, उनके डायमेन्शन डार्क मैटर, और डार्क एनर्जी के आदि सम्बन्ध में और अधिक अच्छी तरह से जान सकेंगे। कहा जाता है कि ब्रह्माण्ड में मौजूद सभी ग्रह, तारे, क्षुद्र ग्रह आदि मिल कर मात्र 4 प्रतिशत पदार्थ और ऊर्जा का ही प्रतिनिधित्व करते हैं। शेष 96 प्रतिशत पदार्थ और ऊर्जा अभी भी कहीं गुम हैं। इन्हें ही डार्क मैटर और डार्क एनर्जी कहा जाता है। यह गुम पदार्थ और ऊर्जा कहां हैं और कैसे काम करते हैं? तथा हमारे लिए कितने उपयोगी या अनुपयोगी हैं, हिग्स बोसोन से इसका पता लगने की पूरी सम्भावना है। इसके साथ ही गुम हुए एंटी कण और एंटी पदार्थ को भी वैज्ञानिक लोग खोज सकेंगे। ऐसी उम्मीद है। वैज्ञानिक लोग कहते हैं कि बिग बैंग के समय प्रकृति में बड़ी मात्रा में एंटी कण और एंटी पदार्थ बने थे। महा विस्फोट के बाद पदार्थ और कण तो बच गए लेकिन एंटी पदार्थ और एंटी कण कहीं गुम हो गए। प्रकृति ने जो यह पक्षपात किया है, हिग्स बोसोन की खोज से इससे भी पर्दा उठ सकने की सम्भावना है। वैज्ञानिक तो अब यहां तक कह रहे हैं कि इस खोज के बाद पदार्थ, प्राकृतिक बल, पदार्थों के द्रव्यमान, ऊर्जा आदि को लेकर जितने भी सिद्धान्त बने हैं उनमें नए सिरे से बदलाव करने पड़ सकते हैं।

लोग क्या कहते हैं?

इस खोज का दूसरा पक्ष भी है। लोगों का कहना है कि इस खोज में 10 अरब डॉलर का खर्च आ चुका है। 48 वर्ष का लम्बा समय लग चुका है। समय और धन की मात्रा को देखते हुए लगता है कि दोनों की बरबादी हुई है, क्योंकि इसका नतीजा कुछ नहीं निकला। अभी केवल हिग्स बोसोन की झलक मिली है। खोज करने वाले भी डंके की चोट पर नहीं कह पा रहे हैं कि हिग्स बोसोन को खोज लिया है। अभी भी यही कहा जा रहा है कि खोजा गया कण हिग्स बोसोन जैसा लगता है। इस सम्बन्ध में सर्न के महानिदेशक ह्यूर ने स्वयं स्वीकार किया है कि खोजे गए कण को अधिकारिक तौर पर हिग्स बोसोन कहने के लिए अभी और अध्ययन तथा परीक्षण की ज़रूरत है। यह बात अभी पूरी तरह से साबित नहीं हुई है

कि खोजा गया कण पीटर हिग्स एवं उनके अन्य साथियों द्वारा प्रतिपादित स्टैण्डर्ड मॉडल ऑफ फिजिक्स में वर्णित हिग्स बोसोन से पूरी तरह मेल खाता है या नहीं। यहां तक कि वैज्ञानिक इस बात से भी इनकार नहीं कर रहे हैं कि खोजा गया कण विस्तृत अध्ययन के बाद कोई तीसरा कण भी सिद्ध हो सकता है। लेकिन जैसी कि घोषणा हुई है उससे यह तो लगता है कि कुछ बहुमूल्य खोज लिया गया है और यह कहना भी मायने रखता है कि खोजा गया कण हिग्स बोसोन जैसा लगता है। इस खोज से भौतिकी के स्टैण्डर्ड मॉडल की वैधता भी सिद्ध हो गई है। लोगों को इस खोज की वैधता और नतीजों पर इसलिए भी विश्वास नहीं हो रहा है, क्योंकि इस खोज में लम्बा समय लग गया और भारी धनराशि खर्च हुई है। लेकिन गॉड पार्टिकल को देखा नहीं जा सका, केवल रिकार्ड किया गया है जबकि भौतिकी का स्टैण्डर्ड मॉडल कहता है कि गॉड पार्टिकल को देखा जा सकता है। आम जनता जिसे अपनी आंखों से देख नहीं लेती उस पर बहुत मुश्किल से विश्वास करती है।

एक साधारण इंसान क्या कहता है?

विज्ञान इतना गूढ़ विषय है कि जनसामान्य बहुत आसानी से वैज्ञानिकों की खोज पर विश्वास नहीं करता। सर्न के वैज्ञानिकों ने घोषणा कर दी कि हमने भगवान का कण खोज लिया है। इससे पहले जाने-माने भौतिक विज्ञानी स्टीफ़न ने कहा था कि पृथ्वी पर मानव अस्तित्व पर संकट है। अतः हमें अन्तरिक्ष में जाकर कॉलोनी बसानी चाहिए ताकि मानव का अस्तित्व बनाए रखा जा सके। एक साधारण इंसान वैज्ञानिकों से पूछता है कि भगवान का कण है या नहीं, असंख्य किलोमीटर दूर अन्तरिक्ष में जब कोई तारा नष्ट होता है तो ब्लैक होल बने या कुछ और, हमारा इससे क्या वास्ता? इनसे हमें क्या फायदा है? क्या नुकसान है? आज के वैज्ञानिक जितना हो-हल्ला मचा रहे हैं इतना तो आदिम मानव भी जानता था। हां यह बात और है कि उनकी जानकारी उन्हीं तक सीमित रहती थी और आज का वैज्ञानिक अपनी बात सारे संसार को बता देता है।

आम इंसान का कहना है कि हमें न तो भगवान के कण से कुछ हासिल

करना है और न अन्तरिक्ष में कॉलोनी बसाना है और न ही अन्तरिक्ष में जाना है। वैज्ञानिक लोग ढेरों रुपया खर्च करके अन्तरिक्ष में जाते हैं। भगवान के कण को खोजते हैं नतीजा शून्य रहता है। हम तो जब गहरी नींद में सोते हैं तो रोज ही स्वप्न में अन्तरिक्ष की सैर करके आते हैं और मनोरम नजारे देखते हैं। आज से नहीं जब से यह ब्रह्माण्ड बना है तभी से हम जानते हैं कि कण-कण में भगवान हैं तो फिर क्या ज़रूरत है कि हम पैसा खर्च करें और इस तरह की बातें जानें।

कहते हैं, न्यूटन ने गुरुत्त्वाकर्षण का सिद्धान्त खोजा। क्या न्यूटन से पहले गुरुत्त्वाकर्षण का नियम नहीं था। आदि मानव क्या गहरे गड्ढ़े खोदकर उनमें जानवरों को गिराकर उनका शिकार नहीं करता था? क्या जंगली जानवर बिना गुरुत्त्वाकर्षण के ही गड्ढ़े में गिर जाते थे? वैज्ञानिक कहते हैं कि रॉकेट को अन्तरिक्ष में भेजने के लिए बल लगाना पड़ता है। क्या हमारे आदिम मानव बिना बल लगाए ही तीर को गन्तव्य की ओर भेज देते थे। वे भी तो तीर चलाने के लिए कमान या धनुष का उपयोग करते थे। महान वैज्ञानिक गैलीलियो ने बताया कि सूर्य में धब्बे हैं और उन्हें कैद में डाल दिया गया, लेकिन हमारे आदिम पूर्वज तो अपनी गुफाओं में रह कर ही सूर्य की गतिविधियों का अध्ययन कर लेते थे और उनका अध्ययन सटीक होता था।

सूर्य, पवन, और अन्य ग्रहों की स्थितियों, गति आदि का अध्ययन करके हमारे आदिमानव खेती का कुशल संचालन कर लेते थे। ग्रहों की स्थिति के आधार पर ही वे फसल बोते थे, पकाकर काटते थे। हमारे वैज्ञानिक कहते हैं कि अन्तरिक्ष की आकाशगंगा में करोड़ों नक्षत्र और ग्रह हैं। यह बात तो हमारे पूर्वज भी जानते थे और अंधेरी रातों में चमकते चांद, तारों और अन्य ग्रहों के द्वारा समय तक का अध्ययन कर लेते थे। कहते हैं न्यूटन, गैलीलियो, आईंस्टीन आदि बड़े विद्वान थे, लेकिन क्या विश्वामित्र कम विद्वान थे, जिन्होंने ज़्वार, बाजरा, मक्का, नारियल जैसे पदार्थों की रचना केवल अपनी मन्त्र शक्ति के द्वारा कर दी थी। क्या रावण विद्वान नहीं थे जिन्हें चारों वेद और छः उपनिषदों का पूरा ज्ञान था। दसों ग्रन्थों का ज्ञान होने के कारण ही रावण को दशानन कहा जाता था।

आज हम जिन ब्लैक होल की बात कर रहे हैं। आमजन को विश्वास है कि वास्तव में हमारे आकाश में वे सुरंगें हैं जिनका ज्ञान केवल हमारे मनीषियों और प्रकाण्ड विद्वानों को होता था और वे इन सुरंगों का उपयोग पल भर में कहीं से कहीं आने-जाने के लिए करते थे। राम-रावण युद्ध के समय कहा जाता है कि रावण और उनके पुत्र इन्हीं सुरंगों के द्वारा पल-पल में ग़ायब हो जाते थे और फिर प्रकट हो जाते थे। कहते हैं महर्षि परशुराम महेन्द्र पर्वत से पल भर में धरती पर आ जाते थे। हां, वह सुरंगों का उपयोग करते थे। कहने वाले तो यहां तक भी कहते हैं कि हनुमान जी सुरंग से ही लंका पहुंचे थे। महाभारत युद्ध के बाद पांडव सुरंगों से ही स्वर्ग में पहुंचे थे। जन सामान्य का कहना है कि यह किंवदन्तियां हैं, लेकिन यह सत्य है कि वैज्ञानिकों की खोजें केवल **अन्दाज और ईश्वर का सहारा** होती हैं। वैज्ञानिक केवल सब्जबाग दिखाते हैं। हमने वैज्ञानिकों से कई झूठे सबेरे देखे हैं। अधिकांश वैज्ञानिक आम जनता के सवालों का जवाब भी नहीं दे पाते। नमूना देखिए :- जब गुब्बारे को सर्वप्रथम आकाश में उड़ाया गया तो किसी ने फ्रैंकलिन से पूछा, **गुब्बारा किस काम का है? फ्रैंकलिन ने पलट कर सवाल पूछ लिया कि "नवजात बच्चा किस काम का है?** इसी प्रकार एक बार स्टीफ़न हॉकिंग से पूछा गया कि बिग बैंग से पहले क्या था? स्टीफ़न ने पलट कर पूछ लिया कि नार्थ में नार्थ पोल से आगे क्या है? हमें इनसे क्या लेना क्या देना? आज के वैज्ञानिक और आदिम मानव सभी अपनी-अपनी जगह पर सही हो सकते हैं, लेकिन जन सामान्य का कहना है कि **आज भी पृथ्वी ही मनुष्य का घर है। तूफान, सूखा, भूकम्प, महामारी तथा अन्य समस्याएं हमारी चिन्ता की प्रमुख बातें हैं। वैज्ञानिकों को इस ओर ज़्यादा ध्यान देने की ज़रूरत है। हमें तो धरती पर ही बने रहने दीजिए और हमारी समस्याओं से छुटकारा दिलाइए।**

लोगों के मन में पीड़ा है कि हम अपनी धरती के सम्बन्ध में ही अनेक रहस्यों से अनजान हैं। विश्व का बढ़ता हुआ तापमान और उसके कारण पृथ्वी का गर्म होना, पृथ्वी के इर्द-गिर्द बनी ओजोन की परत में छेद होना, और इसी प्रकार की अन्य समस्याएं पृथ्वी पर हमारी ज़िंदगी को बदल सकती हैं। हम सुदूर ब्रह्माण्ड की बात तो करते हैं, लेकिन पृथ्वी के भीतर

जो कुछ भी घटित हो रहा है उसके सम्बन्ध में हम नितान्त अनजान हैं। पृथ्वी के भीतर जो कुछ भी घटित होता है उसका संकेत हमें भूकम्पों के द्वारा मिलता है, लेकिन भूकम्पों के इन रहस्यों से हम अनजान हैं। यह हमारे लिए अबूझ पहेली बने हुए हैं। यदि इन समस्याओं के सम्बन्ध में समय रहते खोज नहीं की गई तो हो सकता है कि पृथ्वी पर से मानव जाति का सफाया ही हो जाए। एक साधारण व्यक्ति कल्पना करता है कि यदि कोई विशालकाय उल्का पिण्ड अचानक पृथ्वी से टकरा जाए तो इतनी भारी मात्रा में धूल के बादल उठेंगे जिससे सूर्य महीनों तक के लिए छिप जाएगा और हमारी श्वास घुट जाएगी। हम लोगों का कहना है कि ब्रह्माण्ड का काम हम ईश्वर के लिए छोड़ दें और पृथ्वी का काम अपने लिए रख लें, क्योंकि **खुदा के काम में बन्दे दखल न दें तो अच्छा होगा।**

•••

परिशिष्ट :1

गॉड पार्टिकल एक नज़र में

गॉड पार्टिकल के सम्बन्ध में संक्षिप्त जानकारी एक स्थान पर दी जा रही है–

Composition : Elementary particle

Statistics : Bosonic

Status : Tentatively observed – a boson 'consistent with' the Higgs boson has been observed, but as of July-2012, scientists have not conclusively identifed it as the Higgs boson.

Symbol : H^0

Therised : R. Brout, F. Englert, P. Higgs, G.S. Guralnik, C.R. Hagen, and T.W. B.

Kibble (1964)

Discovered	:	Tentatively announced 4 July-2012, by the ATLAS and CMS teams at the Large
Hadron Collider.		
Types	:	1 in the Standard Model; 5 or more in supersymmetric models.
Mass	:	125.3 ± 0.6 GeVèC^2, [2] ~ 126
GeVèC^2[3]		
Mean	:	1 Zeptosecond (10^{-21}s)
Electric Charge	:	0
Color charge	:	0
Spin	:	0

परिशिष्ट :2

महत्वपूर्ण शब्द संक्षेप

इस पुस्तक में अधिकांश वैज्ञानिक शब्दों को संक्षेप रूप में लिखा गया है। यहां पर शब्दों के संक्षिप्त रूप का पूर्ण विवरण दिया जा रहा है ताकि पाठक इन शब्दों को आसानी से समक्ष सकें–

ALICE : A Large Ion Collider Experiment

ATLAS : A Toriodal LHC ApparatuS

BARC : Bhabha Atomic Research Centre

BB : Big Bang

CL : Confidance Level

CDF : Collider Detector Facility

CMS : Compact Moun Solenoid

CERN : Europeon Council for Nuclear Research

eV	:	Electron Volt.
GeV	:	Giga Electron Volt
GHK	:	Guralnik, Hagen & Kibble
HF	:	Higgs Field.
HDM	:	Higgs Doublet Model
KeV	:	Killo Electron Volt
LHC	:	Large Hadron Collider
LEP	:	Large Electron Positron
LHCB	:	Large Hadron Collider Beauty
MeV	:	Mega Electron Volt
MSSM	:	Minimal Supersymmetric Standard Model
PRL	:	Physical Review Letters
SM	:	Standard Model
SSC	:	Superconducting super Collider
SINP	:	Saha Institute of Nuclear Physics.
TeV	:	Tera Electron Volt.
TIFR	:	Tata Institute of Fundamental Research
Note	:	I Gev = 10^9 Electron Volt.
	:	1 Tev = 10^{12} ev
:	:	1 Kev = 10^3 ev
	:	1 Mev = 10^6 ev